Diogenes Taschenbuch 23740

de
te
be

Denken mit Fernando Pessoa

*Sätze, Reflexionen,
Verse und Prosastücke über
Leben und Traum,
Seele und Herz,
Vernunft und Absurdes,
Ästhetisches und Mystisches*

*Ausgewählt von
Marie-Luise Flammersfeld
und Egon Ammann*

*Aus dem Portugiesischen
von Inés Koebel und
Steffen Dix*

Diogenes

Diese Auswahl aus der
Werkausgabe Fernando Pessoas
erschien erstmals 2006 unter dem Titel
›Wenn das Herz denken könnte …‹
im Ammann Verlag

Umschlagillustration: Fernando Pessoa

Veröffentlicht als Diogenes Taschenbuch, 2008

www.diogenes.ch
20/11/36/2
ISBN 978 3 257 23740 5

Ich wurde zu einer Zeit geboren, in der die Mehrheit der jungen Leute den Glauben an Gott aus dem gleichen Grund verloren hatte, aus welchem ihre Vorfahren ihn hatten – ohne zu wissen warum. Und weil der menschliche Geist von Natur aus dazu neigt, Kritik zu üben, weil er fühlt, und nicht, weil er denkt, wählten die meisten dieser jungen Leute die Menschheit als Ersatz für Gott. Ich gehöre jedoch zu jener Art Menschen, die immer am Rande dessen stehen, wozu sie gehören, und nicht nur die Menschenmenge sehen, deren Teil sie sind, sondern auch die großen Räume daneben. Deshalb habe ich Gott nie so weitgehend aufgegeben wie sie und niemals die Menschheit als Ersatz akzeptiert. Ich war der Ansicht, daß Gott, obgleich unbeweisbar, dennoch vorhanden sein und also auch angebetet werden könne, daß aber die Menschheit, da sie eine rein biologische Vorstellung ist und nichts anderes bedeutet als eine Gattung von Lebewesen, der Anbetung nicht würdiger sei als irgendeine andere Gattung von Lebewesen. Dieser Menschheitskult mit seinen Riten von Freiheit und Gleichheit erschien mir stets wie ein Wiederaufleben jener alten Kulte, in denen Tiere Götter waren oder die Götter Tierköpfe trugen.

Da ich also weder an Gott noch an eine Summe von Lebewesen glauben konnte, verblieb ich wie andere Außenseiter in jener Distanz zu allem, die man gemeinhin Dekadenz nennt. Dekadenz bedeutet den vollständigen Verlust der Unbewußtheit; denn die Unbewußtheit ist das Fundament des Lebens. Wenn das Herz denken könnte, stünde es still. BdU, S. 13

*

Der Ursprung meiner Heteronyme ist ein tiefer Zug der Hysterie, der in mir steckt. Ich weiß nicht genau, ob ich einfach nur hysterisch bin oder ob ich nicht vielmehr ein Hystero-Neurastehniker bin. Ich plädiere eigentlich eher für die zweite Hypothese, da es in mir Anzeichen eines schwachen Willens gibt, den die Hysterie, wörtlich genommen, aber nicht in das Register ihrer Symptome einschließt. Wie dem nun sei, der geistige Ursprung findet sich ein meiner organischen und beständigen Tendenz zur Entpersönlichung und zur Simulation. Diese Phänomene – zu meinem Glück und zum Glück für andere – vergeistigen sich nur in mir; ich will sagen, sie manifestieren sich nicht in meinem praktischen und äußerlichen Leben, im Kontakt mit anderen Menschen; sie explodieren nach innen, und ich lebe allein mit mir. Wenn ich eine Frau wäre – bei einer Frau brechen hysterische Phänomene bekanntlich in Attacken und ähnlichen Dingen aus –, dann würde jedes Gedicht von Àlvaro de Campos (der Hysterischste in mir) die gesamte Nachbarschaft in Alarmbereitschaft versetzen. Aber ich bin ein Mann – und bei Männern zeigt sich die Hysterei vorwiegend in geistigen Aspekten; so endet schließlich alles in Stille und Poesie...

Dies erklärt, *tant bien que mal,* den organischen Ursprung meiner Heteronymie... AM, S. 24

*

Ich betrachte das Leben als eine Herberge, in der ich verweilen muß, bis die Postkutsche des Abgrunds eintrifft. Ich weiß nicht, wohin sie mich bringen wird, denn ich weiß nichts. BdU, S. 15

*

Ich muß wählen, was ich verabscheue: das Träumen, das meinem Verstand verhaßt ist, oder das Handeln, das meiner Sensibilität zuwider ist; das Handeln, zu dem ich nicht geboren bin, oder das Träumen, zu dem niemand geboren ist.

Da ich beides verabscheue, wähle ich keines; weil ich aber mitunter entweder träumen oder handeln muß, vermische ich das eine mit dem anderen. BdU, S. 16

*

Wozu die Dinge unnötig erschweren,
Und denken, was ohne Denken da ist? Gräser
Wachsen ohne Grund. RR, S. 187

*

...und bei der Erhabenheit all meiner Träume, Hilfsbuchhalter in Lissabon!

Doch der Gegensatz zerreibt mich nicht – er befreit mich; und die Ironie, die in ihm liegt, ist mein Lebenssaft. Was mich herabsetzen sollte, hisse ich als mein Banner; und das Lachen, mit dem ich über mich lachen sollte, ist ein Fanfarensignal, mit dem ich eine Morgenröte, in der ich mich selbst erfinde, erschaffe und grüße.

Die nächtliche Seligkeit, groß zu sein, ohne etwas zu sein! Die ernste Herrlichkeit des unbekannten Glanzes ... Und mit einem Mal spüre ich die Erhabenheit des Mönchs in der Einsamkeit, des Eremiten in der Einöde ...

Und an meinem Tisch in diesem absurden, schäbigen Zimmer schreibe ich namenloser kleiner Angestellter Worte, die die Rettung meiner Seele sind, und vergolde mich mit dem unmöglichen Sonnenuntergang über hohen, weiten, fernen Bergen, mit meiner Statue, dem Ersatz für die Freuden des Lebens, und meinem Ring des Verzichts, unerschütterliches Juwel ekstatischer Verachtung, an meinem Apostelfinger. BdU, S. 17

*

Denn wer liebt, weiß niemals, was er liebt,
Noch warum er liebt oder was lieben ist...

Lieben ist ewige Unschuld
Und die einzige Unschuld besteht im Nicht-Denken...

AC, S. 15

Ich habe so wenig vom Leben erbeten, und selbst dieses wenige hat das Leben mir versagt. Einen Streif Sonnenlicht, eine Zeit auf dem Land, ein bißchen Ruhe und einen Bissen Brot, daß mich die Erkenntnis meiner Existenz nicht zu sehr belaste, daß ich nichts von den anderen erwarte, noch sie von mir. Selbst dies wurde mir verweigert, so als verweigere jemand ein Almosen, nicht weil er kein gutes Herz hätte, sondern um den Mantel nicht aufknöpfen zu müssen. BdU, S. 19

*

Wir haben alle einen Chef Vasques; für die einen ist er sichtbar, für die anderen unsichtbar. BdU, S. 20

*

Ich stellte meinem Meister die Frage: »Sind Sie mit sich zufrieden?« »Nein. Ich bin zufrieden.« Das klang wie die Stimme der Erde, die alles und niemand ist.

AC, S. 203

*

Ein Freund, Teilhaber einer Firma, die dank ihrer Geschäftsbeziehungen zu allen staatlichen Stellen floriert, sagte neulich zu mir, da er annahm, ich verdiente zu wenig: »Sie werden ausgebeutet, Soares.« Das rief mir in Erinnerung, daß dem so ist, da wir alle aber im Leben ausgebeutet werden müssen, frage ich mich, ob es nicht weniger schlimm ist, von Herrn Vasques, dem

Tuchhändler, ausgebeutet zu werden als von Eitelkeit, Ruhm, Verachtung, Neid oder dem Unmöglichen.

Manche beutet Gott selbst aus, sie sind die Propheten und Heiligen in der Leere dieser Welt. BdU, S. 21

*

Ich lehne mich an meinen Schreibtisch wie an ein Bollwerk gegen das Leben. BdU, S. 21

*

Komm morgen wieder Wirklichkeit!
Für heute reicht es, Leute! AdC

*

Und wenn das Büro in der Rua dos Douradores für mich das Leben verkörpert, so verkörpert mein zweites Stockwerk, in dem ich in eben dieser Rua dos Douradores wohne, für mich die Kunst. Jawohl, die Kunst, die in derselben Straße wohnt wie das Leben, jedoch an einem anderen Ort, die Kunst, die das Leben erleichtert, ohne daß es deshalb leichter würde zu leben, die so eintönig ist wie das Leben selbst, nur an einem anderen Ort. Jawohl, diese Rua dos Douradores umfaßt für mich den gesamten Sinn der Dinge, die Lösung aller Rätsel, abgesehen davon, daß manche Rätsel unlösbar sind. BdU, S. 23

*

Heute nachmittag ging das Gewitter
An den Hängen des Himmels nieder
Wie ein gewaltiger Steinschlag... AC, S. 19

*

Litanei

Wir verwirklichen uns nie.

Wir sind zwei Abgründe – ein Brunnen, der in den Himmel schaut. BdU, S. 24

*

Ich beneide – bin mir aber dessen nicht wirklich sicher – all jene, über die man eine Biographie schreiben kann oder die ihre eigene Biographie schreiben können. Vermittels dieser Eindrücke ohne Zusammenhang und ohne den Wunsch nach Zusammenhang erzähle ich gleichmütig meine Autobiographie ohne Fakten, meine Geschichte ohne Leben. Es sind meine Bekenntnisse, und wenn ich in ihnen nichts aussage, so weil ich nichts zu sagen habe.

Was schon könnte man an Lohnenswertem oder Nützlichem bekennen? Was uns widerfahren ist, ist entweder allen widerfahren oder uns allein; in dem einen Fall ist es nichts Neues, im anderen unbegreiflich. Wenn ich schreibe, was ich empfinde, dann weil ich auf diese Weise das Fieber meines Empfindens senke. Was ich bekenne, ist nicht von Bedeutung, denn nichts ist von Bedeutung. Ich mache Landschaften aus dem, was ich empfinde. Mache Ferien von meinen Gefühlen. Ich begreife ohne weiteres, daß Frauen aus Kummer sticken und Strümpfe stricken, weil es Leben gibt. Meine alte Tante legte endlose Abende lang Patiencen. Meine Patiencen sind meine Gefühlsbekenntnisse. Ich deute sie nicht, wie jemand Karten legt, um sein Schicksal zu erfahren. Ich prüfe sie nicht, denn in den Patiencen besitzen die Karten keinen eigentlichen Wert. Ich wickle mich auf wie ein vielfarbiger Strang oder mache mich zu einem jener Fadenspiele, wie sie Kinder auf ihren gespreizten Fingern weben und von Hand zu Hand weiterreichen. Ich achte nur darauf, daß der Daumen nicht die ihm zugedachte Schlinge verfehlt. Dann drehe ich die Hände um, und das Muster verändert sich. Und ich beginne von vorn.

Leben heißt Strümpfe häkeln, nach fremden Vorgaben. Dabei aber sind die Gedanken frei, und alle verzauberten Prinzen können sich in ihren Gärten ergehen, zwischen den Maschen, die der Widerhaken der Elfenbeinnadel eine um die andere aufnimmt. Häkelwerk der Dinge ... Zwischenräume ... Nichts ...

Was, im übrigen, kann ich von mir erwarten? Eine erschreckende Schärfe meiner Wahrnehmungen und das deutliche Bewußtsein zu fühlen ... Einen scharfen Verstand, der mich zerstört, und eine Fähigkeit zu träumen, die nichts als ein Ablenken ist ... Einen erloschenen Willen und eine Überlegung, die ihn einwiegt, als wäre er ein lebendiges Kind ... Ja, Häkelwerk ... BdU, S. 25

*

Eine rationale Lebensführung ist unmöglich. Der Verstand gibt keine Regeln vor. Und so habe ich begriffen, was sich vielleicht hinter dem Mythos vom Sündenfall verbirgt. Der fürchterliche und tatsächliche Sinn jener Versuchung, der Adam erlag, als er vom sogenannten Baum der Erkenntnis aß, traf das Auge meiner Seele, wie ein Blitz das Auge eines Körpers treffen kann.

Seit es Verstand gibt, ist alles Leben unmöglich.

BvT, S. 24

*

Warum sollte es nützlicher sein, von Prinzessinnen zu träumen als von der Tür zum Büro? BdU, S. 26

*

Wie schwierig ist es, man selbst zu sein und nur zu sehen, was sichtbar ist! AC, S. 61

*

Selbst wenn wir wissen, daß ein nie zustande kommendes Werk schlecht sein wird, ein nie begonnenes ist noch schlechter! Ein zustande gekommenes Werk ist zumindest entstanden. Kein Meisterwerk vielleicht, aber es existiert, wenn auch kümmerlich wie die Pflanze im einzigen Blumentopf meiner gebrechlichen Nachbarin. Diese Pflanze ist ihre Freude, und hin und wieder auch die meine. Was ich schreibe und als schlecht erkenne, kann dennoch die eine oder andere verwundete, traurige Seele für Augenblicke noch Schlechteres vergessen lassen. Ob es mir nun genügt oder nicht, es nützt auf irgendeine Art, und so ist das ganze Leben. BdU, S. 26

*

Ach, wie sind doch selbst die schlichtesten Menschen
Verworren, töricht und krank
Neben der klaren Schlichtheit
Und dem gesunden Dasein
Von Bäumen und Pflanzen! AC, S. 21

*

Schritt für Schritt habe ich jene innere Landschaft erobert, die von Geburt an die meine war. Stück für Stück habe ich dem Sumpf abgefordert, in dem ich hilflos festhing. Ich habe mein unendliches Sein geboren, mich mit Zangen mir selbst entrissen. BdU, S. 27

*

Ich träume zwischen Cascais und Lissabon. Ich bin nach Cascais gefahren, um für Chef Vasques die Steuer auf ein Haus zu bezahlen, das er in Estoril besitzt. Im voraus genoß ich das Vergnügen, unterwegs zu sein: eine Stunde hin, eine Stunde zurück, und unterdessen der immer wechselnde Anblick des großen Flusses und seiner Mündung in den Atlantik. In Wirklichkeit aber verlor ich mich auf der Hinfahrt in abstrakte Betrachtungen und sah, ohne zu sehen, die Wasserlandschaften, auf die ich mich gefreut hatte, und jetzt, auf der Rückfahrt, verliere ich mich mit dem Festhalten dieser

Empfindungen. Ich wäre nicht imstande, auch nur das kleinste Detail dieser Reise, die kleinste sichtbare Wegstrecke zu beschreiben. Diese Zeilen sind mir dank des Vergessens und des Widerspruchs gelungen. Ich weiß nicht, ob dies besser oder schlechter ist als das Gegenteil, von dem ich ebensowenig weiß, was es ist.

Der Zug wird langsamer, fährt ein in den Bahnhof Cais do Sodré. Ich bin in Lissabon angekommen, doch zu keinem abschließenden Gedanken. BdU, S. 27

*

Ich habe aus mir gemacht, was ich nicht zu machen verstand,
Und was ich aus mir machen konnte, habe ich nicht gemacht. AdC

*

Mir sitzt die Müdigkeit in den Knochen wie einem streunenden Hund die Kälte. AdC

*

Ich hatte ehrgeizige Pläne und hochtrabende Träume – doch die hatten auch der Dienstmann oder die Näherin, denn Träume hegen alle Leute: was uns unterscheidet, ist die Kraft, sie zu verwirklichen, oder das Schicksal, das sie für uns verwirklicht.

Hätte ich die Welt in der Hand, tauschte ich sie, dessen bin ich sicher, gegen eine Fahrkarte zur Rua dos Douradores ein.

Vielleicht ist es mein Schicksal, ewig Buchhalter zu bleiben, und Dichtung und Literatur sind nur ein Schmetterling, der sich auf meinen Kopf niedersetzt und mich um so lächerlicher erscheinen läßt, je größer seine Schönheit ist. BdU, S. 29

*

Scheiß Leben!
Ein Beruf wiegt so schwer auf den Schultern wie eine bezahlte Last,
Pflichten lähmen,
Moral unterdrückt,
Das Aufbegehren gegen die Pflicht und gegen die Moral
Findet sich allenthalben, ohne Sinn und Verstand. AdC

*

Ich habe keine Probleme, nein; nur Geheimnisse. AdC

*

Ich denke gerade an nichts, wie gut das tut! AdC

*

Immer wieder sehe ich mich in meinem von Umständen bedrängten Leben, kaum will ich mich von ihnen befreien, unversehens von neuen Umständen gleicher Art umzingelt, als herrsche in dem ungewissen Gespinst der Dinge entschieden Feindschaft gegen mich. Ich reiße von meinem Hals eine Hand, die mich erstickt. Und sehe, daß meine eigene Hand, die soeben die andere wegriß, mir zugleich mit der Geste der Befreiung eine Schlinge um den Hals gelegt hat. Vorsichtig entferne ich die Schlinge und stranguliere mich fast mit eigenen Händen. BdU, S. 30

*

Ach, daß ich nicht alle Menschen bin und von allem Teil. AdC

*

Das Leben ist alles, der Tod ist nichts,
Und der Abgrund nur die Blindheit des Sehens. AdC

*

Am Leben habe ich ein gieriges Interesse,
Das sucht, es heftig fühlend zu verstehen. AdC

*

Ob es nun Götter gibt oder nicht, wir sind ihre Knechte. BdU, S. 31

*

Vielleicht müde, die Menschen zu malträtieren, malträtierte das Schicksal nun die Götter. AM, S. 131

*

Gott heißt, wir existieren, und das ist nicht alles. BdU, S. 31

Wenn aber Gott die Blumen ist und die Bäume
Und die Berge und die Sonne und der Mondschein,
Dann glaube ich an ihn,
Dann glaube ich an ihn zu jeder Stunde!
Und mein Leben ist ein einziges Gebet, eine einzige Messe,
Eine Kommunion mit Augen und Ohren.

Wenn aber Gott die Bäume ist und die Blumen
Und die Berge und der Mondschein und die Sonne,
Wozu nenne ich ihn dann Gott? AC, S. 25

*

An Gott denken heißt Gott ungehorsam sein,
Denn Gott wollte, daß wir ihn nicht kennen,
Deshalb hat er sich uns auch nicht gezeigt...

Seien wir schlicht und still
Wie die Bäche und die Bäume,
Dann liebt uns Gott und macht uns
Zu uns, wie die Bäume zu Bäumen
Und die Bäche zu Bächen,
Und schenkt uns Grün in ihrem Frühling
Und einen Fluß, in den wir münden, wenn unser Ende kommt...
Und mehr gibt er uns nicht, denn uns mehr geben hieße uns mehr nehmen. AC, S. 27

*

Verwandeln wir uns in Sphinxe, wenn auch in falsche, bis wir an den Punkt gelangen, an dem wir nicht mehr wissen, wer wir sind. Im übrigen sind wir falsche Sphinxe und wissen nicht, was wir wirklich sind. Wir können mit dem Leben einzig im Einklang sein, wenn wir mit uns selbst im Mißklang sind. Das Absurde ist das Göttliche.

Bücher kaufen, um sie nicht zu lesen; Konzerte besuchen, weder um Musik zu hören, noch um zu sehen, wer sich dort sehen läßt; lange Spaziergänge machen, weil wir des Laufens müde sind, und Tage auf dem Land verbringen, nur weil uns das Landleben langweilt.

BdU, S. 31

*

Heute spürte ich mit jeder Faser meines Körpers jene alte Angst, die bisweilen übermächtig wird, und konnte in dem Restaurant oder Eßlokal, dessen erster Stock mir die Grundlage für mein Weiterleben bietet, weder ordentlich essen noch wie gewöhnlich trinken. Als der Ober bei meinem Fortgehen bemerkte, daß ich die Weinflasche nur halb geleert hatte, drehte er sich nach mir um und sagte: »Bis bald, Herr Soares, und gute Besserung!«

Beim Fanfarenstoß dieses einfachen Satzes wurde mein Herz so leicht, als hätte plötzlich der Wind einen verhangenen Himmel freigeblasen. Und ich erkannte klar wie nie zuvor, daß mir die Kaffeehaus- und Restaurant-Kellner, die Friseure und die Dienstmänner an den Straßenecken eine spontane, natürliche Sympathie entgegenbringen, die ich mich nicht rühmen kann, von denen zu erhalten, die mit mir auf unzutreffenderweise so genanntem vertrauten Fuße stehen.

Auch der freundliche Umgang kennt feine Unterschiede.

Manche regieren die Welt, andere sind die Welt. Zwischen einem amerikanischen Millionär, einem Cäsar, Napoleon oder Lenin und einem sozialistischen Dorfbürgermeister gibt es keinen Unterschied in der Qualität, sondern nur in der Quantität. Wir stehen unter ihnen, wir, die Gestaltlosen, der hitzköpfige Dramatiker William Shakespeare, der Schulmeister John Milton, der vagabundierende Dante Alighieri, der Dienstmann, der mir gestern eine Nachricht zustellte, oder der Friseur, der mir Witze erzählt, und der Kellner, der mir soeben die Freundlichkeit erwies, gute Besserung zu wünschen, weil ich meinen Wein nur zur Hälfte getrunken habe. BdU, S. 32

*

Salat

Auf meinem Teller, welch kunterbunte Natur!
Meine Schwestern, die Pflanzen,
Die Begleiterinnen der Quellen, die Heiligen,
Zu denen niemand betet...

Man schneidet sie ab und sie kommen auf unseren Tisch,
Und in den Hotels verlangen lärmende Gäste,
Mit geschnürten Reisedecken im Gepäck,
Unbekümmert »Salat« . . . AC, S. 47

*

Jeder Gemütsbewegung eine Persönlichkeit zuordnen, jedem Seelenzustand eine Seele.

Sie kamen um die Wegbiegung, eine Schar junger Mädchen. Singend gingen sie dahin, und ihre Stimmen klangen glücklich. Wer sie waren, weiß ich nicht. Ich hörte ihnen eine Zeitlang von weitem zu, ohne selbst etwas zu empfinden. Doch Kummer ergriff mein Herz.

War es ihre Zukunft? Ihre Unbewußtheit? Waren wirklich sie es?, oder – wer weiß – vielleicht nur ich?

BdU, S. 35

*

Ich bin der Argonaut der wahren Empfindungen.

AC, S. 87

*

Die Literatur, eine mit dem Denken vermählte Kunst und eine Verwirklichung ohne den Makel der Wirklichkeit, scheint mir das Ziel, dem alles menschliche Bestreben gelten sollte, wenn es denn wahrhaft menschlich und nicht allzu tierhaft wäre. Ich glaube, eine Sache in Worte fassen heißt ihr die Kraft bewahren und den

Schrecken nehmen. Felder sind grüner in der Beschreibung als in ihrem Grün. Beschreibt man Blumen mit Sätzen, die sie im Bereich des Imaginären definieren, sind ihre Farben von einer Dauer, die ihr zelluläres Leben nicht hergibt.

Sich bewegen heißt leben, sich in Worte fassen heißt überleben. Nichts im Leben ist weniger wirklich, weil es gut beschrieben wurde. Kleinkarierte Kritiker pflegen zu betonen, ein Gedicht in hymnischen Rhythmen besage letztlich doch nur, daß der Tag schön ist. Doch in Worte fassen, daß der Tag schön ist, ist schwierig, zudem vergeht auch der schöne Tag. Mithin müssen wir den schönen Tag in einem wortreichen, blühenden Gedächtnis bewahren und auf diese Weise die Felder oder Himmel der leeren, vergänglichen äußeren Welt mit neuen Blumen oder neuen Sternen übersäen. BdU, S. 35

*

»Wenn jemand nach seinem Tode einen schönen Vers hinterlassen hat, dann hat er Himmel und Erde reicher gemacht und fühlbar geheimnisvoller den Grund für das Vorhandensein von Sternen und Menschen.«

AM, S. 11

*

Ein Hauch von Musik oder Traum, irgend etwas, das beinahe fühlen läßt, irgend etwas, das kein Denken erlaubt. BdU, S. 36

*

Ich habe heute fast zwei Seiten gelesen
Im Buch eines mystischen Dichters
Und lachte wie einer, der viel geweint hat.
Die mystischen Dichter sind kranke Denker,
Und die Denker sind Narren.

Denn die mystischen Dichter sagen, die Blumen fühlen
Und sagen: die Steine sind beseelt
Und die Flüsse im Mondschein ekstatisch.

Aber die Blumen, fühlten sie, wären nicht Blumen,
Sie wären Menschen;
Und hätten die Steine Seelen, wären sie lebendig und keine Steine;
Und wären die Flüsse ekstatisch im Mondschein,
Sie wären kranke Menschen.

Man darf nicht wissen, was Blumen, Steine und Flüsse sind,
Will man von ihren Gefühlen reden.
Von der Seele der Steine, der Blumen, der Flüsse reden,
Heißt von sich selbst reden und seinen falschen Gedanken.
Dank sei Gott, daß die Steine nur Steine sind
Und die Flüsse nur Flüsse
Und die Blumen nichts als Blumen.

Ich meinerseits schreibe die Prosa meiner Verse
Und bin zufrieden,
Denn ich weiß, ich verstehe die Natur von außen;
Und nicht von innen,

Denn die Natur kennt kein Innen;
Sonst wäre sie nicht die Natur. AC, S. 61

*

Die Uhr, hinten im Haus, das wie ausgestorben wirkt, da alle schlafen, schlägt langsam vier helle Schläge zur vierten Stunde der Nacht. Ich schlafe noch immer nicht und erwarte auch nicht, es noch zu können. Ohne das etwas meine Aufmerksamkeit fesselte und mich so vom Schlaf abhielte oder auf meinem Körper lastete und mich daher nicht zur Ruhe kommen ließe, liege ich hier im starren Schweigen meines mir fremden Körpers im Dunkel, einsamer noch durch das schwache Mondlicht der Straßenlaternen. Ich bin außerstande zu denken, so schläfrig bin ich; ich bin außerstande zu fühlen, so fehlt mir der Schlaf. BdU, S. 39

*

Wir alle sind Sklaven äußerer Umstände: Ein sonniger Tag erschließt uns weite Felder mitten in einem engen Café; ein Schatten auf dem Feld bewirkt, daß wir uns ins Innere ducken und nur mühsam schützen im türlosen Haus unserer selbst; der anbrechende Abend entfaltet, wie ein sich langsam öffnender Fächer, selbst unter lauter Tagesdingen, in unserem Inneren das Bewußtsein, daß wir Ruhe brauchen. BdU, S. 42

*

Nicht das Vergnügen, nicht der Ruhm, nicht die Macht: die Freiheit, einzig die Freiheit.

Von den Hirngespinsten des Glaubens überzulaufen zu den Gespenstern der Vernunft ist nur ein Gefängnistausch. Die Kunst, die uns von eingesessenen, veralteten Götzen befreit, befreit uns auch von großmütigen Ideen und sozialen Sorgen – anderen Götzen.

Seine Persönlichkeit verlieren, um sie zu finden – der Glaube selbst bürgt für diesen Sinn des Schicksals.

BdU, S. 43

*

Wie glücklich muß sein, wer ans Unglück der anderen denken kann!
Wie töricht, wenn er nicht weiß, daß der anderen Unglück deren Sache ist
Und von außen nicht geheilt werden kann.
Leiden ist doch nicht Mangel an Tinte
Oder eine Kiste ohne Bandeisen!

Ungerechtigkeit ist so unabänderlich wie der Tod.
Ich würde nie einen Schritt tun, um zu ändern,
Was man die Ungerechtigkeit der Welt nennt.
Tausend Schritte für dieses Ziel
Wären nur tausend Schritte.
Ich nehme die Ungerechtigkeit hin, wie ich hinnehme, daß ein Stein nicht rund
Und eine Korkeiche nicht als Pinie oder Eiche gewachsen ist.

Ich habe die Orange in zwei Teile zerschnitten – und sie sind nicht gleich ausgefallen.

Zu welchem Teil war ich ungerecht – ich, der sie beide verzehren wird?

AC, S. 145

*

Ich neide allen ihr Nicht-ich-Sein. Da mir von allen Unmöglichkeiten diese stets als die allerunmöglichste vorkam, wurde sie zu meiner täglichen Begierde, zu meiner Verzweiflung in allen traurigen Stunden.

BdU, S. 46

*

Ich blicke auf mein vergangenes Leben wie auf ein weites Feld in der Sonne, wenn sie durch die Wolken bricht; und ich bemerke mit metaphysischem Staunen, daß mein bedachtestes Tun, meine klarsten Vorstellungen, meine logischsten Vorhaben letztlich nichts anderes waren als angeborene Trunkenheit, naturgegebene Narrheit und großes Unwissen. Ich habe nicht einmal geschauspielert. Ich war die Rolle, die gespielt wurde. Ich war nicht der Schauspieler, ich war sein Spiel.

Alles, was ich tat, dachte und war, ist eine Reihe von Unterwerfungen, sei es unter ein erdachtes Wesen, das ich für mein eigenes hielt, da ich aus ihm heraus handelte, sei es unter eine Last von Umständen, die ich für die Luft hielt, die ich atmete. Ich bin in diesem Augenblick der Einsicht ein plötzlich Vereinsamter, der sich an einen Ort verbannt sieht, an dem er immer Bürger war. Im Innersten dessen, was ich dachte, war ich nicht ich.

BdU, S. 46

Ich wünschte, ich wäre der Staub auf der Straße
Und die Füße der Armen träten mich...

Ich wünschte, ich wäre die strömenden Flüsse
Und die Wäscherinnen knieten an meinem Ufer...

AC, S. 49

*

Bisweilen verspüre ich, warum weiß ich nicht, ein Vorzeichen des Todes... Vielleicht ist es eine unbestimmte Krankheit, die sich nicht in Schmerz materialisiert und daher eher in einem Ende vergeistigt, möglicherweise ist es auch eine Müdigkeit, die einen so tiefen Schlaf verlangt, daß bloßes Schlafen ihr nicht genügt – auf alle Fälle aber fühle ich mich wie ein Kranker, dessen Zustand sich so weit verschlechtert hat, daß er seine schwachen Hände nur noch ohne Aufbegehren oder Bedauern über die Bettdecke breiten kann, die er unter seinen Fingern fühlt...

Dann überlege ich, was es auf sich hat mit dem, was wir Tod nennen. Ich meine nicht das Geheimnis des Todes, das ich nicht ergründen kann, sondern die körperliche Empfindung, daß man zu leben aufhört. Die Menschheit hat Angst vor dem Tod, aber diese Angst ist unbestimmt; ein normaler Mensch läßt sich nicht unterkriegen, und ist ein normaler Mensch krank oder alt, schaut er nur selten mit Entsetzen in den Abgrund des Nichts, das er diesem Abgrund zuschreibt. Und dies alles, weil es ihm an Phantasie fehlt. Aber betrachtet ein Denkender den Tod als Schlaf, ist das nicht viel besser.

Warum Schlaf, wenn Tod nicht gleich Schlaf ist? Das Wesentliche am Schlaf ist, daß man aus ihm erwacht, aber aus dem Tod, soweit wir wissen, nicht. Und wenn Tod gleich Schlaf ist, sollten wir doch annehmen können, daß man aus ihm erwacht. Aber das entspricht nicht der Vorstellung eines normalen Menschen: Er stellt sich den Tod als Schlaf vor, aus dem man nicht erwacht, was nichts besagt. Doch wie ich bereits sagte, ist Tod nicht gleich Schlaf, denn im Schlaf schläft und lebt man; ich weiß nicht, wie jemand den Tod mit irgend etwas vergleichen kann, da er weder Erfahrung mit ihm haben kann noch etwas hat, womit der Tod sich vergleichen ließe.

Mir kommt der Tod, wenn ich einen Toten sehe, wie eine Abreise vor. Der Leichnam wirkt auf mich wie ein abgelegtes Kleidungsstück. Jemand ist gegangen, ohne das einzige Kleid, das je wirklich sein war, mitnehmen zu müssen. BdU, S. 48

*

Nichts ist tragischer, als wenn intellektuelles und moralisches Vermögen in ein und derselben Seele oder in ein und demselben Menschen gleich stark ausgeprägt sind. Um eindeutig und absolut moralisch sein zu können, muß ein Mensch etwas dumm sein. Um absolut intellektuell sein zu können, muß ein Mensch etwas unmoralisch sein. Ich weiß nicht, welches Spiel oder welche Ironie der Dinge den Menschen weitgehend zu dieser Dualität verdammt. Zu meinem Übel vollzieht sie sich in mir. So, im Besitz zweier Stärken, habe ich niemals etwas aus mir zu machen vermocht. Nicht eine, sondern zwei gleich starke Eigenschaften haben mich für das Leben getötet. BvT, S. 16

*

Ich setze einem Leben ein Ende, das, wie mir schien, voller Glanz hätte sein können, den auch nur zu wollen ich unfähig war. Hatte ich Gewißheit, fiel mir stets ein, daß alle Narren eine noch größere hatten. BvT, S. 21

*

Ich habe, wie mir scheint, die volle Entfaltung meines Verstandes erreicht. Und daher werde ich mich töten.

BvT, S. 53

*

Doch ich weiß weder, was ich empfinde, noch, was ich empfinden will, ich weiß weder, was ich denke, noch, was ich bin. BdU, S. 49

*

Irgendwann werfe ich eine Bombe aufs Schicksal. AdC

*

Ich begreife mein Verharren in diesem immer gleichen Leben, diesem Staub, diesem Schmutz an der Oberfläche des Nie-Veränderns einzig als ein Fehlen persönlicher Hygiene.

So wie wir unseren Körper waschen, sollten wir auch unser Schicksal waschen, das Leben wechseln wie Wäsche – nicht, um uns am Leben zu erhalten, wie durch Nahrung oder Schlaf, sondern aus jener wertfreien Selbstachtung, die genau wir Hygiene nennen.

BdU, S. 51

*

Allein mit mir, bin ich zu unzähligen geistreichen Bemerkungen imstande, zu raschen Antworten auf nie Gesagtes, zu funkelnden Geistesblitzen eines intellektuellen Austausches mit Herrn Niemand; aber all dies löst sich in nichts auf, wenn mir jemand körperlich gegenübertritt; ich vermag nicht mehr zu denken, weiß mich nicht mehr zu äußern und fühle mich nach einiger Zeit nur noch müde. Jawohl, mit anderen reden macht mich schläfrig. Nur meine gespenstischen, imaginären Freunde, nur meine im Traum geführten Gespräche erweisen sich als wirklich, wahrhaftig und profiliert, in ihnen ist Geist gegenwärtig wie ein Bild in einem Spiegel.

Zudem belastet mich der Gedanke, mit jemand anderem in Kontakt treten zu müssen. Eine schlichte Einladung zu einem Abendessen mit einem Freund versetzt mich in eine schwer zu beschreibende Angst. Der Gedanke an eine gesellschaftliche Verpflichtung, welcher Art auch immer, sei es die Teilnahme an einer Beerdigung, ein geschäftliches Gespräch oder ein Gang zum Bahnhof, um dort jemanden, den ich kenne oder nicht kenne, in Empfang zu nehmen – allein der Gedanke daran bringt mich einen Tag lang, bisweilen bereits am Abend zuvor, aus dem Konzept; ich schlafe schlecht, und wenn es dann wirklich soweit ist, verläuft alles völlig problemlos, und die Aufregung erweist sich als absolut unnötig; aber jedes Mal ist es wieder dasselbe, ich werde nie lernen, etwas daraus zu lernen. BdU, S. 57

*

Und kein Blumenstrauß hat für mich je die farbige Vielfalt Lissabons im Sonnenlicht.

Die Schönheit eines nackten Körpers wissen nur Kulturen zu würdigen, in denen man Kleider trägt.

BdU, S. 59

*

Ihre Liebe, die mir, solange sie lebte, nie klar gewesen war, wurde offenbar, als ich sie verlor. BvT, S. 22

*

Ich entdeckte – wie man alles Wertvolle erst im Verlust entdeckt –, daß ich Zuneigung brauchte wie die Luft, die man atmet, ohne sie wahrzunehmen. BvT, S. 23

*

Alle Paare müssen in ihren Augen einen sexuellen Grund haben, Paar zu sein. BvT, S. 26

Ob in den niederen Sphären der Politik oder im Innersten unserer Seele – überall das gleiche Elend. BdU, S. 62

*

Fast alle Menschen träumen im tiefsten Inneren von einem großen eigenen Imperialismus, von der Unterwerfung aller Männer, der Hingabe aller Frauen, der Anbetung aller Völker und – im Falle der Edelsten – aller Epochen... Wenige sind wie ich an den Traum gewöhnt und daher geistesklar genug, um über die ästhetische Möglichkeit, sich so zu träumen, lachen zu können.

(...)

Mein Imperium reicht nicht einmal bis zu den alten Spielkarten. Mein Sieg brachte mir nicht einmal eine Teekanne oder einen altersschwachen Kater ein. Ich werde sterben, wie ich gelebt habe, unter Gerümpel aus den Vorstädten, nach Gewicht taxiert unter den Postskripten des Versäumten. (...)

Ich trage das Bewußtsein der Niederlage mit mir wie ein Siegesbanner. BdU, S. 63

*

Ich lese und bin befreit. Ich erlange Objektivität. Ich höre auf, ich zu sein, dieses vereinzelte Wesen. Und was ich lese, ist – anders als ein Anzug, den ich kaum beachte und der mich gelegentlich beengt – die große, überaus bemerkenswerte Klarheit der äußeren Welt, die Sonne, die alle sieht, der Mond, der die stille Erde mit

Schatten sprenkelt, die weiten Räume, die im Meer enden, die schwarze Standfestigkeit der Bäume, deren Wipfel sich grün wiegen, der reglose Friede der Teiche auf den Gütern, die terrassierten Hänge mit ihren weinüberwachsenen Wegen.

Ich lese wie einer, der vorübergeht. Und bei den Klassikern, den stillen, die schweigend leiden, fühle ich mich als geweihter Passant, bin gesalbter Pilger, grundloser Betrachter der zwecklosen Welt, Prinz des Großen Exils, der, als er fortging, dem letzten Bettler das größte Almosen seiner Untröstlichkeit gab. BdU, S. 65

*

»Das einzig Gute in jedem Menschen ist das, was er nicht weiß.« AC, S. 197

*

Wie er einmal zu mir sagte: »Einzig die Prosa läßt sich verbessern. Der Vers nie. Die Prosa ist künstlich. Der Vers hingegen natürlich. Wir sprechen nicht in Prosa. Wir sprechen in Versen. Wir sprechen in Versen ohne Reim noch Rhythmus. Wir machen Pausen im Gespräch, die man beim Lesen von Prosa *nicht machen kann*. Wir sprechen in Versen, jawohl, in natürlichen Versen – und zwar in Versen ohne Reim noch Rhythmus, mit den Pausen unseres Atems und unserer Empfindung.

Meine Verse sind natürlich, da sie so beschaffen sind...

Der rhythmische und gereimte Vers ist ein Bastard und illegitim.«

AC, S. 198

*

»Alles ist anders als wir, und daher existiert alles.«

AC, S. 200

*

»Alle Dinge, die wir sehen, müssen wir immer wieder zum ersten Mal sehen, weil wir sie ja tatsächlich zum ersten Mal sehen. Und dann ist jede gelbe Blume eine neue gelbe Blume, auch wenn es dieselbe von gestern ist. Wir sind nicht mehr dieselben und die Blume ebensowenig. Sogar das Gelb kann nicht mehr dasselbe sein. Schade, daß wir nicht die Augen haben, um dies zu begreifen, dann nämlich wären wir alle glücklich.«

AC, S. 201

*

»Ich verabscheue die Lüge, sie ist eine Ungenauigkeit.«

AC, S. 203

*

Der ewig irgendwo krankende Teilhaber der Firma hier wollte während einer Krankheitspause aus einer Laune heraus ein Photo vom gesamten Büropersonal haben. Und so nahmen wir denn vorgestern alle auf Weisung des heiteren Photographen in Reih und Glied Aufstellung vor der schmutzigweißen Trennwand, deren zerbrechliches Holz das allgemeine Büro von Herrn Vasques' Chefzimmer abtrennt. In der Mitte stand Vasques persönlich; zu beiden Seiten in einer zunächst überlegten, dann unüberlegten Einteilung nach Rang und Würden die übrigen Menschenseelen, die sich hier tagaus, tagein zu kleinen Zwecken zusammenfinden, deren letzte Absicht nur das Geheimnis der Götter kennt. Als ich heute etwas verspätet und bereits ohne jegliche Erinnerung an das statische Ereignis des zweimal geschossenen Photos ins Büro kam, fand ich den unerwartet früh erschienenen Moreira und einen der Handelsreisenden verstohlen über schwärzliche Dinge gebeugt, in denen ich sogleich erschrocken die ersten Abzüge der Photographien erkannte. Nicht mehr als insgesamt zwei von einem einzigen Photo, dem besten.

Ich erlitt die Wahrheit, als ich mich darauf sah, denn, wie man mit Recht vermuten darf, suchte ich zuallererst nach mir selbst. Nie habe ich mir meine körperliche Präsenz besonders nobel vorgestellt, aber auch noch nie habe ich sie als so null und nichtig empfunden wie im Vergleich mit den anderen, mir so wohlvertrauten Gesichtern bei dieser Aufreihung von Alltagsmenschen. Ich sehe aus wie ein abgewetzter Jesuit. Mein mageres, ausdrucksloses Gesicht strahlt weder Intelligenz noch Intensität noch etwas aus, das es über die Ebbe der übrigen Gesichter erheben könnte. Ebbe, nein, das ist nicht wahr. Wirklich ausdrucksstarke Gesichter sind darunter. Chef Vasques steht da, wie er leibt und lebt – das breite Gesicht hart und doch jovial, energisch der Blick;

ein steifer Schnurrbart rundet seine Erscheinung ab. Die Energie, die Schläue dieses Mannes – im Grunde banal und bei vielen tausend Männern auf der ganzen Welt anzutreffen – sind auf dieser Photographie so ausgeprägt festgehalten wie in einem psychologischen Reisepaß. Die beiden Handelsreisenden sind prächtig herausgekommen; auch der örtliche Handelsvertreter ist gut getroffen, wird aber fast verdeckt von einer Schulter des Herrn Moreira. Und erst Moreira selbst! Mein Vorgesetzter Moreira, die Quintessenz der Eintönigkeit und des Beharrungsvermögens, wirkt gleichwohl viel persönlicher, als ich es tue! Sogar dem Laufburschen – ich bemerke das, ohne ein Gefühl unterdrücken zu können, von dem ich anzunehmen versuche, es sei kein Neid – steht eine Sicherheit, eine Unmittelbarkeit ins Gesicht geschrieben, die um ein mehrfaches Lächeln von meiner nichtigen Erloschenheit als Papier-Sphinx entfernt ist.

Was will das heißen? Was ist das für eine Wahrheit, daß ein Film nicht irrt? Was ist das für eine Gewißheit, die eine kalte Linse dokumentarisch festhält? Wer bin ich, daß ich so sein kann? Gleichwohl ... Und die Schmach des Gesamtbilds?

»Sie sind wirklich gut getroffen«, sagte plötzlich Moreira. Und dann an den Handelsvertreter gewandt: »Das ist doch genau sein Gesichtchen, nicht wahr?« Der Handelsvertreter stimmte freundlich heiter zu und beförderte mich somit auf den Müll. BdU, S. 66

Die Umgebung ist die Seele der Dinge. Jedes Ding hat seinen eigenen Ausdruck, und dieser Ausdruck kommt ihm von außen zu.

(...)

Alles kommt von außen, und die menschliche Seele selbst ist vielleicht nicht mehr als der Sonnenstrahl, der leuchtet und den Misthaufen, der unser Körper ist, vom Boden isoliert. BdU, S. 68

*

Die Sorge um Präzision, das intensive Ringen um Perfektion – weit davon entfernt, zum Handeln anzuregen – sind Charakterzüge, die im Innersten zum Verzicht führen. Träumen ist besser als sein. Im Traum gelingt alles so mühelos! BvT, S. 21

*

Alle haben wie ich ein überspanntes, trauriges Herz. Ich kenne sie gut: manche sind Ladengehilfen, andere Büroangestellte, wieder andere Geschäftsleute mit kleinen Geschäften, oder aber Eroberer von Kaffeehäusern und Tavernen und unwissentlich glorreich in der Ekstase ihres ichbezogenen Geredes oder aber selbstzufrieden wortkarg, wenngleich sie nichts zu verschweigen haben. Aber sie alle, die Ärmsten, sind Dichter und schleppen in meinen Augen wie ich in ihren Augen das Elend unserer gemeinsamen Unstimmigkeit mit sich herum. Bei ihnen wie bei mir liegt die Zukunft in der Vergangenheit. BdU, S. 70

Fragt ihr mich, ob ich glücklich bin, so antworte ich: nein. BdU, S. 72

*

Nicht ein Dienstmädchen in meinem Hause, das ich nicht hätte verführen können. Die einen aber waren zu groß oder kamen mir, selbst wenn sie es nicht waren, aufgrund ihrer überschäumenden Vitalität so vor, und ihnen gegenüber fühlte ich mich von vornherein befangen, ja bedrängt [?]: nicht einmal im Traum konnte ich mir vorstellen, sie zu verführen. Die anderen waren klein, zerbrechlich, und um sie tat es mir leid. Andere wieder waren häßlich. Auf diese Weise habe ich das Besondere der Liebe fast ebenso verpaßt wie das Gewöhnliche des Lebens. BvT, S. 36

*

Wenn, Lydia, für uns die Herbstzeit naht,
Zusammen mit dem Winter, der ihr inne, laß eingedenk
Uns bleiben, nicht des künftigen
    Frühlings, der anderen gehört,
Nicht des Sommers Glut, die uns verzehrte,
Sondern dessen, was bleibt von dem, was geht –
Das Jetzt, das Gelb, das die Blätter leben,
    Und das sie verschieden macht. RR, S. 41

*

Genießen wir den Augenblick so wie er ist,
Freudig und mit heiterer Würde,
    Den Tod erwartend
    Wie einer, der ihn kennt. RR, S. 59

*

Diana durch das Astwerk
Ausschau nach Endymion hält;
Endymion, der niemals kommt,
Endymion, Endymion,
Dort im fernen Wald...

Und ihre Stimme
Durch das Astwerk hallt
Endymion, Endymion...

So weinen die Götter... RR, S. 63

*

Edel ist es, schüchtern zu sein, ruhmreich, nicht handeln zu können, majestätisch, kein Geschick zum Leben zu haben.

Nur Überdruß, der Distanzierung ist, und Kunst, die Verachtung ist, vergolden unsere [Existenz] mit einem Hauch Zufriedenheit.

Die Irrlichter, die unsere Fäulnis erzeugt, sind zumindest Licht in unserer Finsternis.

Nur das Unglück erhöht, und nur der Überdruß, der

aus ihm entsteht, ist heraldisch wie die Nachkommen ferner Helden. (...)

Wohl denen, die ihr Leben niemandem anvertrauen.

BdU, S. 72

*

Das gesamte Leben der menschlichen Seele ist eine Bewegung im Schatten. Wir leben in einem Zwielicht des Bewußtseins, uns nie dessen sicher, was wir sind, oder dessen, was wir zu sein glauben. In den Besten von uns lebt die Eitelkeit, steckt ein Fehler, den wir nicht klar erkennen. Wir sind etwas, das sich in einem Zwischenakt abspielt; mitunter erspähen wir durch bestimmte Türen hindurch etwas, das vielleicht Kulisse ist. Die Welt wirkt verworren wie Stimmen in der Nacht.

BdU, S. 75

*

Du fehlst? O nichtiger Schatten, Mensch genannt!
Keiner fehlt und du fehlst keinem ...
Ohne dich läuft alles ohne dich.
Dein Dasein ist für die anderen vielleicht schlimmer als dein Tod ...
Dein fortdauern belastet vielleicht mehr als dein Vergehen ...

AdC

*

Ich weine über meine unvollkommenen Seiten, doch wird die Nachwelt, sofern sie diese Seiten je liest, stärker berührt sein von meinen Tränen als von meiner Vollkommenheit, wenn ich sie denn je erreiche. Sie würde mich der Tränen berauben und folglich auch des Schreibens. Vollkommenheit offenbart sich nicht. Der Heilige weint, und ist Mensch. Gott schweigt. Daher können wir den Heiligen lieben, nicht aber Gott.

BdU, S. 76

*

Achselzucken

...Und ich höre auf zu schreiben, weil ich zu schreiben aufhöre. BdU, S. 78

*

Es regnet stark, stärker, immer stärker... Als würde in dem Dunkel draußen gleich etwas einstürzen...

BdU, S. 80

*

Der einzige innere Sinn der Dinge
Ist, daß sie keinen inneren Sinn besitzen. AC, S. 25

*

Es regnet stark, es regnet unmäßig...
Es regnet, und hin wieder weht ein kalter Wind...
Ich bin traurig, sehr traurig, als wäre der Tag ich. AdC

An einem Tag in meiner Zukunft, an dem es ebenso regnet,
Und ich, am Fenster, mich unversehens an den heutigen Tag erinnere,
Werde ich da denken »ach, damals war ich glücklicher«
Oder werde ich denken »ach, was war das damals doch für eine traurige Zeit!«
Ach, mein Gott, was werde ich von diesem Tag an diesem Tag denken,
Was und wie werde ich sein; was wird mir die Vergangenheit sein, die heute nur Gegenwart ist?... AdC

*

Auch wenn ich weiter keine Fähigkeit besitze, so doch die Fähigkeit zur ständigen Erneuerung der befreiten Sinneswahrnehmung.

Als ich heute die Rua Nova do Almada hinunterging, fiel mir mit einem Mal der Rücken eines Mannes auf. Der gewöhnliche Rücken eines gewöhnlichen Mannes, das Jackett eines bescheidenen Anzugs eines zufälligen Passanten vor mir. Er trug eine alte Aktentasche unter dem linken Arm und setzte im Rhythmus seines Gangs einen eingerollten Regenschirm, den er am Griff in der rechten Hand trug, auf den Boden auf.

Ich empfand plötzlich so etwas wie Zärtlichkeit für diesen Menschen. Eine Zärtlichkeit, wie man sie für die allgemeine menschliche Mittelmäßigkeit empfindet, für das Banal-Alltägliche des Familienoberhauptes, das zur Arbeit geht, für sein schlichtes und fröhliches Heim, für die heiteren und traurigen Vergnügen, aus denen sein Leben notgedrungen besteht, für die Unschuld eines Lebens ohne Analyse, für die tierische Natürlichkeit dieses bekleideten Rückens.

Ich schaute auf den Rücken des Mannes wie auf ein Fenster, durch das hindurch ich diese Gedanken sah.

(...)

Nun, der Rücken dieses Mannes schläft. Seine ganze Person, die vor mir mit Schritten wie den meinen geht, schläft. Er geht unbewußt. Er lebt unbewußt. Er schläft, weil wir alle schlafen. Das ganze Leben ist ein Traum. Niemand weiß, was er tut, niemand weiß, was er will, niemand weiß, was er weiß. Wir schlafen das Leben, ewige Kinder des Schicksals. Deshalb verspüre ich, wenn ich mit diesem Empfinden denke, eine gestaltlos unermeßliche Zärtlichkeit für die ganze kindliche Menschheit, für das ganze schlafende Leben in der Gesellschaft, für alle, für alles. BdU, S. 80

*

Jene mangelnde Übereinstimmung mit anderen, die ich immer wieder so stark empfinde, erklärt sich wohl damit, daß die meisten mit ihrem Gefühl denken, während ich mit meinem Denken fühle.

Für den Normalmenschen heißt fühlen leben, und denken heißt, zu leben verstehen. Für mich heißt denken leben, und das Fühlen ist nur die Nahrung für mein Denken. BdU, S. 82

Letzten Endes reist man am besten, indem man fühlt.
Alles auf alle Weise fühlt.
Alles im Übermaß fühlt,
Denn alle Dinge sind, genau genommen, maßlos
Und die gesamte Wirklichkeit ist etwas Maßloses,
etwas Gewaltsames,
Eine überdeutliche Sinnestäuschung,
Die wir alle gemeinsam im Rausch der Seelen erleben,
Im Mittelpunkt, dem die seltsamen zentrifugalen
Kräfte zustreben,
Die menschlichen Psychen im Einklang ihrer Sinne.

AdC

*

Ich bin ein Hirte.
Die Herde sind meine Gedanken
Und meine Gedanken allesamt Sinnesempfindungen.
Ich denke mit Augen und Ohren
Mit Händen und Füßen
Mit Nase und Mund.

AC, S. 39

*

Amiel sagte, eine Landschaft sei ein seelischer Zustand, aber dieser Satz ist wie das dürftige Glück eines mittelmäßigen Träumers. Sobald die Landschaft Landschaft ist, hört sie auf, ein seelischer Zustand zu sein. Objektivieren heißt erschaffen, niemand sagt, ein fertiges Gedicht sei ein Zustand, in welchem man daran denke, es zu verfertigen. Sehen heißt vielleicht träumen, wenn wir es aber sehen statt träumen nennen, so deshalb, weil wir zwischen träumen und sehen unterscheiden.

Wozu nützen im übrigen diese Spekulationen verbaler Psychologie? Unabhängig von mir wächst das Gras, regnet es auf das wachsende Gras, und die Sonne vergoldet die Wiese, die gewachsen ist oder noch wachsen wird; die Berge bestehen seit undenklichen Zeiten, und der Wind weht auf die gleiche Weise, wie ihn Homer, auch wenn es ihn nie gab, vernommen hat. Richtiger wäre zu sagen, ein seelischer Zustand sei eine Landschaft; dieser Satz hätte den Vorteil, nicht die Lüge einer Theorie zu enthalten, sondern nur die Wahrheit einer Metapher. BdU, S. 83

*

Wie gern wäre ich Teil der Nacht,
Ohne die Konturen der Nacht, irgendein Ort im Raum,
Kein Ort im eigentlichen Sinn, da nicht zu orten noch klar umrissen,
Doch Nacht in der Nacht, ein Teil von ihr, ihr zugehörend, überall,
Und naher und ferner Gefährte meines Mangels an Leben ... AdC

*

Erreichen wir die Höhen natürlicher Berge, empfinden wir dies als Privileg. Wir ragen höher auf als der Gipfel, auf dem wir stehen. Das Höchste der Natur liegt, zumindest an diesem Ort, unter den Sohlen unserer

Füße. Stehen wir dort, sind wir Könige der sichtbaren Welt. Um uns her ist alles niedriger: Das Leben ist ein abfallender Hang, eine ruhende Ebene zu Füßen der Erhebung und des Gipfels, zu dem wir geworden sind.

Alles an uns ist Zufall und List, die Größe, die wir erreicht haben, haben wir nicht; wir sind in der Höhe nicht größer als wir groß sind. Selbst das, was wir mit Füßen treten, erhöht uns; und wenn wir hoch stehen, dann, weil wir höher stehen.

Man atmet besser, wenn man reich ist; man ist freier, wenn man berühmt ist; selbst ein Adelstitel ist ein kleiner Berg. Alles ist Trug, aber nicht einmal der Trug ist unser Werk. Entweder wir besteigen den Berg, oder man bringt uns zum Berg, oder aber wir kommen im Haus auf dem Berg zur Welt. BdU, S. 84

*

Allein der Anblick von Blumen so weit das Auge reicht
In den breiten Alleen gepflegter Gärten,
    Und schon empfinden wir
    Das Leben als leicht. RR, S. 61

*

O Lissabon, du meine Heimstatt! BdU, S. 86

*

Ein Sonnenuntergang ist ein intellektuelles Phänomen.
BdU, S. 86

Ich versuche ganz allgemein, den Eindruck zu ergründen, den ich bei anderen hinterlasse, und ziehe daraus meine Schlüsse. Im allgemeinen bin ich jemand, dem andere zugeneigt sind, ja, sogar mit einem unbestimmten, sonderbaren Respekt. Lebhafte Zuneigung allerdings erwecke ich nicht. Niemand wird je von Herzen mein Freund sein. Deshalb können mich auch so viele respektieren. BdU, S. 89

*

Schmerzhaftes Intervall

Alles ermüdet mich, selbst was mich nicht ermüdet. Meine Freude ist so schmerzhaft wie mein Schmerz.

Könnte ich doch nur Kind sein, Papierschiffchen auf den Teich eines Landgutes setzen, mit einer bäuerlichen Weinlaube, deren Flechtwerk ein Schachbrettmuster aus Licht und grünen Schatten auf die dunklen Reflexe des seichten Wassers zeichnet.

Zwischen mir und dem Leben ist eine dünne Glasscheibe. So deutlich ich das Leben auch erkenne und verstehe, berühren kann ich es nicht.

(...)

Meine Träume sind eine so unsinnige Zuflucht wie ein Regenschirm, wenn es Blitze hagelt. Ich bin so träge, so bedauernswert, so arm an Gesten, so schwach im Handeln.

Mein Leben ist, als würde man mich mit ihm schlagen.

BdU, S. 91

*

Ich bin leer wie ein versiegter Brunnen.
Ich habe wahrlich keinerlei Wirklichkeit.
Ich bin ein Deckel auf dem Bemühen meiner Phantasie.

AdC

*

Mit einem Mal bin ich allein auf der Welt. Ich sehe all dies von der Höhe eines geistigen Daches aus. Ich bin allein auf der Welt. Sehen heißt abseits stehen. Klar sehen heißt stillstehen. Analysieren heißt fremd sein. BdU, S. 83)

*

Ich weiß nicht, ob das Leben zu wenig ist für mich oder zu viel. AdC

*

Meine Erzieherin war die Phantasie,
Ich reiste stets an ihrer Hand,
Ich liebte, haßte, sprach und dachte stets als ihr Zögling. AdC

*

Ich falle der Länge nach ins ganze Leben
Und meine wilde Lebenslust brüllt in mir ... AdC

Möge der Grammatik gehorchen, wer nicht denken kann, was er fühlt. Möge sie gebrauchen, wer ihre Regeln beherrscht. Es heißt, der römische Kaiser Sigismund habe, als ihn jemand auf einen Grammtikfehler in einer seiner Reden hinwies, erwidert: »Ich bin König von Rom und stehe über der Grammatik.« Seither ist er als Sigismund *super grammaticam* in die Geschichte eingegangen. Welch wunderbares Symbol! Somit ist also jeder, der zu sagen versteht, was er sagt, auf seine Weise König von Rom. Der Titel ist nicht schlecht, und Seele-Sein ist Sich-Sein. BdU, S. 96

*

Ich frage mich, ob im Leben nicht alles auf Degeneration beruht. Ob das Sein nicht lediglich eine Annäherung ist – ein Vorher oder ein Drumherum.

So wie das Christentum nur eine Degenerationserscheinung eines aus der Art geschlagenen Neuplatonismus, eine Judaisierung des Hellenismus durch das Römische war, so ist unsere Epoche – senil und krebserzeugend – ein einziges Abweichen von allen großen Vorhaben, übereinstimmenden wie entgegengesetzten, aus deren Bankrott das Zeitalter erwuchs, das sie selbst zu Fall brachte.

Wir erleben einen Zwischenakt mit Orchestermusik.

BdU, S. 97

*

In der Metaphysik ist es legitim, zu behaupten, zwei mal zwei müssen nicht immer vier sein. Für die Wissenschaft trifft das nicht zu.

Man nennt diese intellektuelle Vorgehensweise »Wissenschaftsphilosophie«. Der krasse Fehler dieser Vorstellung ist schon ausreichend im Namen angezeigt. Weder gibt es noch kann es eine »Wissenschaftsphilosophie« geben, also eine Sache, die diesem Namen legitim entspräche. Es kann eine *auf wissenschaftlichen Elementen aufgebaute Metaphysik* geben, eine rein rationale Arbeit auf der Grundlage von Daten der verifizierten Erfahrung. Aber dies entspricht letztlich auch nur der metaphysischen Spekulation, da das Resultat dieser Arbeit zu keiner Wissenschaft Zugang hat noch eine Verifikation erlaubt. AM, S. 194

*

Es ist eine merkwürdige Tatsache, daß Religion und Wissenschaft auf demselben Fundament beruhen – der deterministischen Intuition. Die Vorstellung vom Gesetz ist für die Wissenschaft und für die wissenschaftliche Mentalität grundlegend; gäbe es keine Vorstellung vom Gesetz, könnte es weder Wissenschaft geben noch jemanden, der sich mit der Wissenschaft beschäftigen wollte.

Aber dieselbe Vorstellung vom Determinismus ist auch das Fundament der Religion, da die Religion im wesentlichen nicht über das Bewußtsein hinausgeht, nach dem das Leben, die Handlung, alles, was wir sind oder was wir repräsentieren, keinen Ursprung oder Erklärung in uns selbst habe, sondern in den Händen einer Macht oder mehrerer unbekannter Mächte liege.

AM, S. 196

*

Die christliche Idee, nach der es einen höheren, moralisch beschreibbaren Gott gibt und vermittelnde Wesen verschiedenster Art, ursprünglich Engel genannt, ist wenige logisch als die heidnische Idee. Indem er über alles (an den Platz des Gottes im Christentum) das Schicksal stellte, erkannte der Heide, daß wir über allem ein Gesetz anzunehmen haben, aber ein Gesetz, welches weder moralisch noch immoralisch und auch nicht zu beschreiben ist, sondern nur als eine einfache unwiderstehliche Kraft angesehen werden kann, als ein Zwang, gegen den es keine Revolte und keinen Appell gibt.

AM, S. 197

*

Einer der schädlichsten Effekte der Religion ist der, daß ihre Moral, so wie wir sie in ihren heiligen Büchern antreffen, oftmals nicht im Einklang mit der üblichen Moral der Länder steht, in denen diese Religion gilt. Ich spreche noch nicht von Vorschriften wie der Bewahrung der Keuschheit. Diese gehört zu jener Art von Vorschriften, die nicht Gefahr laufe, von einer großen Anzahl von Menschen zu weit strapaziert zu werden.

AM, S. 197

Für mich ist Metaphysik seit jeher eine Form latenten Wahnsinns. Kennten wir die Wahrheit, sähen wir sie; alles übrige ist System und Drumherum. Wir müssen uns mit der Unverständlichkeit des Universums begnügen; es verstehen wollen heißt weniger als Mensch sein, denn Mensch sein heißt wissen, daß man es nicht verstehen kann. BdU, S. 98

*

Die Religion ist eine erheiternde Metaphysik.

AM, S. 200

*

Wundersames Menschenvolk, das wie die Hunde lebt,
Unterhalb jedes moralischen Systems,
Für das keine Religion gemacht,
Keine Kunst geschaffen,
Keine Politik bestimmt ist!
Wie ich euch alle liebe, weil ihr so seid!
Zu weit unten, um auch nur unmoralisch zu sein, nicht gut noch böse,
Unzugänglich für jeden Fortschritt,
Wundervolle Fauna vom Meeresgrund des Lebens!

AdC

*

Die einzige eines höheren Menschen würdige Einstellung ist das beharrliche Festhalten an einer Tätigkeit, die er als nutzlos erkennt, das Unterwerfen unter eine

Disziplin, von der er weiß, daß sie fruchtlos ist, und das rigorose Anwenden philosophischer und metaphysischer Denknormen, deren Bedeutungslosigkeit er erkannt hat. BdU, S. 100

*

Die Realität als eine Form der Illusion erkennen und die Illusion als eine Form der Realität ist so notwendig wie nutzlos. BdU, S. 100

*

Jeder Morgen, der klart, klart stets am gleichen Ort,
Es gibt keine Morgen über Städten oder Morgen über dem Land,
Wenn der Tag anbricht, wenn das Licht sich flirrend erhebt,
Sind alle Orte der gleiche Ort, alle Länder das gleiche Land,
Und die von allem aussteigende Frische ist ewig und allen Orten gemein... AdC

*

Ich bin heute sehr früh aufgewacht, jäh und verwirrt, und erhob mich sofort aus dem Bett, unbegreifliche Abscheu schnürte mir die Kehle zu. Kein Traum hatte sie verursacht; keine Wirklichkeit hätte sie auslösen können. Eine abgrundtiefe absolute Abscheu, die dennoch ihre Ursache hatte. In der dunklen Tiefe meiner Seele trugen unbekannte Kräfte unsichtbar eine Schlacht aus, bei der mein Wesen das Schlachtfeld hergab, der unsichtbare Zusammenprall erschütterte mich bis ins Mark. Ein physischer Ekel vor dem gesamten Leben kam mit meinem Erwachen auf. Ein Entsetzen, leben zu müssen, erhob sich mit mir aus dem Bett. Alles erschien mir hohl, und ich hatte den eisigen Eindruck, daß es für kein Problem auf der Welt eine Lösung gibt. Ich war zutiefst beunruhigt und zitterte bei der geringsten Geste. Ich fürchtete, den Verstand zu verlieren, aber weniger an den Wahnsinn als an die Situation. Mein Körper war ein stummer Schrei. Mein Herz schlug, als könnte es sprechen.

Mit langen, falschen Schritten, die ich vergeblich anders zu setzen suchte, durchlief ich barfuß die kurze Länge meines Zimmers und die leere Diagonale des Innenzimmers, dessen Tür an der Ecke zum Korridor liegt. Mit fahrigen, ungenauen Bewegungen berührte ich die Bürsten auf der Kommode, stellte einen Stuhl um, und einmal schlug meine schaukelnde Hand gegen den harten Eisenpfosten meines englischen Bettes. Ich zündete mir eine Zigarette an, die ich im Unterbewußtsein rauchte, und erst als ich sah, daß Asche auf meinen Nachttisch gefallen war – wie eigentlich, wenn ich mich gar nicht über ihn gebeugt hatte? –, begriff ich, daß ich besessen war oder dergleichen, dem Sein, wenn auch nicht dem Namen nach, und daß mein Bewußtsein meiner selbst, das ich hätte haben müssen, abgrundtief gestört war.

Ich empfing die Ankündigung des Morgens, das

wenige kalte Licht, das ein verschwommenes Weißblau dem sich enthüllenden Horizont mitteilt, wie einen dankbaren Kuß der Dinge. Denn dieses Licht, dieser wirkliche Tag befreite mich, befreite mich, ich weiß nicht wovon, reichte meinem noch unbekannten Alter den Arm, streichelte meine trügerische Kindheit, schützte die erbettelte Ruhe meiner überströmenden Sensibilität.

Ach, was ist das für ein Morgen, der mich für die Dummheit des Lebens weckt und für seine große Zärtlichkeit! Fast muß ich weinen, wenn ich vor mir, unter mir die alte enge Straße heller werden sehe, wenn die Jalousien des Lebensmittelgeschäfts an der Ecke ihr schmutziges Braun im Licht enthüllen, das sich langsam verströmt. Mein Herz ist erleichtert wie bei einem wirklichen Märchen und wird sich seiner wieder sicher, spürt nicht mehr sich selbst.

Welch ein Morgen, welch ein Kummer! Und welche Schatten ziehen sich zurück? Welche Geheimnisse haben sich preisgegeben? Nichts: nur das Geräusch der ersten Elektrischen, wie ein Streichholz, das die Dunkelheit der Seele erhellt und die lauten Schritte meines ersten Passanten: Die konkrete Wirklichkeit, die mir freundlich zu verstehen gibt, daß ich nicht sein soll, wie ich bin.

BdU, S. 110

*

Die Formeln vergehen, die Ausdrücke ändern sich, das Wesen bleibt bestehen.

AM, S. 230

Ich lebe immer in der Gegenwart. Die Zukunft kenne ich nicht. Die Vergangenheit gehört mir nicht mehr. Die eine lastet auf mir wie die Möglichkeit zu allem, die andere wie die Wirklichkeit von nichts. BdU, S. 113

*

Trockene Blätter fallen unregelmäßig zu Boden,
Aber Herbst ist nun einmal immer im Herbst,
und der Winter folgt unweigerlich,
Und nur ein Weg führt zum Leben, das Leben ... AdC

*

Wenn unser Leben ein ewiges Stehen am Fenster wäre und wir so bleiben könnten, wie stehender Rauch, für immer, mit dem immerselben Augenblick der Dämmerung, wie ein Schmerz auf der Linie der Hügel ... Wenn wir so bleiben könnten über alle Zeit hinaus! Wenn es möglich wäre diesseits der Unmöglichkeit, ohne zu handeln, ohne daß unsere Lippen sich mit weiteren Worten versündigen!

Sieh nur, wie es allmählich dunkel wird! ... Die positive Ruhe von allem erfüllt mich mit Zorn, schmeckt bitter beim Atemholen. Meine Seele schmerzt mich ... Langsam steigt ein Rauchfaden auf und verfliegt in der Ferne ... Banger Überdruß lenkt meine Gedanken ab von dir ...

So überflüssig alles! Wir, die Welt und beider Geheimnis. BdU, S. 114

Ich habe viel geträumt. Ich bin es müde, geträumt zu haben, doch nicht müde zu träumen. Des Träumens wird niemand müde, denn träumen heißt vergessen, und vergessen bedrückt nicht, es ist ein traumloser Schlaf, in dem wir wach sind. In Träumen habe ich alles erreicht. Ich bin auch aufgewacht, aber was macht das schon aus? Wie viele Cäsaren war ich nicht! Und die Ruhmreichen, welche Kleingeister! Cäsar, durch die Großmut eines Piraten vom Tod errettet, ließ diesen Piraten suchen, gefangennehmen und kreuzigen. Als Napoleon auf St. Helena sein Testament machte, setzte er einem Verbrecher, der versucht hatte, Wellington zu ermorden, ein Legat aus. O Größe, wie gleichst du der Seelengröße meiner schielenden Nachbarin! O große Männer der Köchin einer anderen Welt! Wie viele Cäsaren war ich und träume ich noch immer zu sein!

Wie viele Cäsaren war ich, wenngleich nie ein wirklicher! Wahrhaft kaiserlich war ich nur im Traum, weshalb ich auch nie etwas war. Meine Heere wurden geschlagen, aber die Niederlage war eine matte Sache, und niemand verlor dabei sein Leben. Ich habe keine Banner verloren. In meinen Träumen sehe ich nie ein Heer mit Bannern, eine Ecke verstellt mir immer die Sicht. Wie viele Cäsaren war ich nicht hier, in der Rua dos Douradores! Und die Cäsaren, die ich war, leben weiter in meiner Phantasie; aber die einstigen Cäsaren sind tot, und die Rua dos Douradores, das heißt die Wirklichkeit, kann sie nicht kennen. BdU, S. 115

Ich kultiviere meinen Haß auf das Handeln wie eine Treibhauspflanze. Ich stimme nicht überein mit dem Leben und bin stolz darauf. BdU, S. 116

*

Teufel auch, daß man Kleider tragen muß, seinen Körper waschen muß,
Recht haben muß, Ähnlichkeiten, Manieren und Anstand;
Daß man Nieren, Leber, Lunge, Bronchien und Zähne hat.
Dinge, die schmerzen, bluten und einen plagen.
(Darauf ist geschissen!) AdC

*

Ohne ein Gran Dummheit läßt sich keine noch so glänzende Idee verbreiten. Das kollektive Denken ist dumm, da es kollektiv ist: Nichts kann die Schranken des Kollektiven passieren, ohne an der Grenze den größten Teil seiner Intelligenz als Wegzoll zurückzulassen.

In unserer Jugend sind wir ein Zweifaches: Unsere angeborene Intelligenz, die beachtlich sein kann, koexistiert mit der Dummheit unserer Unerfahrenheit, einer zweiten, geringeren Form der Intelligenz. Erst wenn wir älter sind, werden beide eins. Daher das stets unzulängliche Tun der Jugend – nicht ihre Unerfahrenheit ist der Grund, sondern ihr Nicht-eins-Sein.

Einem überlegen intelligenten Menschen bleibt heute nur noch der Weg des Verzichts. BdU, S. 116

Wie rasend gern wäre ich Wurzel,
Verfolgte meine inneren Wahrnehmungen wie ein Lebenssaft.

AdC

*

Mein Stolz wurde von Blinden gesteinigt, meine Enttäuschung von Bettlern mit Füßen getreten.

»Ich will dich nur im Traum«, sagen der geliebten Frau in nie an sie geschickten Versen jene, die es nicht wagen, ihr nichts zu sagen. »Ich will dich nur im Traum« ist ein Vers aus einem alten Gedicht von mir. Ich nehme diese Erinnerung mit einem Lächeln ins Bewußtsein auf, und nicht einmal dieses Lächeln erläutere ich.

BdU, S. 118

*

Die einzige Tragödie ist, daß wir uns nicht als tragisch empfinden können. (...)

Handeln heißt ruhen.

BdU, S. 118

*

Am Brunnen hinter meinem Haus
Geht der Esel im Kreis, geht im Kreis,
Mit dem Geheimnis der Welt geht es ebenso.
Wisch dir den Schweiß mit dem Arm, unzufriedener Arbeiter.
Das Sonnenlicht dämpft das Schweigen der Sphären
Und alle müssen wir sterben...

AdC

Wir lieben niemanden, nie. Wir lieben allein die Vorstellung, die wir von jemandem haben. Unsere eigene Idee – uns selbst also – lieben wir.

Das gilt für die ganze Bandbreite der Liebe. In der sexuellen Liebe suchen wir unser Vergnügen vermittels eines fremden Körpers. In der nichtsexuellen Liebe suchen wir unser Vergnügen vermittels unserer Vorstellung. Der Onanist mag abstoßend sein, doch genaugenommen ist er der vollkommene logische Ausdruck des Liebenden. Als einziger gibt er weder etwas vor, noch betrügt er sich selbst. BdU, S. 122

*

Ästhetik des Künstlichen

Das Leben schadet dem Ausdruck des Lebens. Erlebte ich eine große Liebe, ich könnte nie von ihr sprechen.

BdU, S. 123

*

Schreiben heißt vergessen. Die Literatur ist die angenehmste Art, das Leben zu ignorieren. Die Musik wiegt ein, die visuellen Künste beleben, die lebendigen Künste (wie Tanz und Theater) unterhalten. Die Literatur jedoch entfernt sich vom Leben, weil sie das Leben zum Schlaf macht; alle übrigen Künste hingegen bleiben im Leben – die einen, weil sie sich sichtbarer und mithin vitaler Formen bedienen, die anderen, weil sie vom menschlichen Leben leben.

Nicht aber die Literatur. Sie täuscht das Leben vor. Ein Roman ist die Geschichte dessen, was nie war, und ein Drama ein Roman ohne Geschichte. Ein Gedicht ist der Ausdruck von Ideen oder Gefühlen in einer Sprache, die niemand gebraucht, denn niemand spricht in Versen. BdU, S. 125

*

Sagen! Sagen können! Durch die geschriebene Stimme und das geistige Bild existieren können! Das macht den Wert des Lebens aus; der Rest sind Männer und Frauen, vermeintliche Lieben und gekünstelte Eitelkeiten, Tücken der Verdauung und des Vergessens, Leute, die zappeln wie Geschmeiß – wenn man einen Stein aufhebt – unter dem großen abstrakten Fels des sinnlos blauen Himmels. BdU, S. 126

*

Ob mich bekümmert, daß niemand liest, was ich schreibe? Ich schreibe, um mich vom Leben abzulenken, und ich veröffentliche, weil dies zur Spielregel gehört. BdU, S. 126

*

Herrsche oder schweige. Gib nicht, was du nicht hast,
Du verausgabst dich nur.
Was nützt dir der Cäsar, der du wärest. Begnüge dich,
Erfreue dich an dem Wenigen, das du bist.

Besser nimmt die bescheidene Hütte dich auf, die dir gegeben,
Als der Palast, der dir gebührte. RR, S. 179

*

Die Vorstellung zu reisen erfüllt mich mit Ekel.

Ich habe bereits alles gesehen, was ich nie gesehen habe.

Ich habe bereits alles gesehen, was ich noch nicht gesehen habe. BdU, S. 128

*

Letzten Endes reist man am besten, indem man fühlt.
Alles auf alle Weise fühlt.
Alles im Übermaß fühlt,
Denn alle Dinge sind, genau genommen, maßlos
Und die gesamte Wirklichkeit ist etwas Maßloses, etwas Gewaltsames,
Eine überdeutliche Sinnestäuschung... AdC

*

Verzicht ist Befreiung. Nicht wollen ist können. Was kann mir China geben, das meine Seele mir nicht schon gegeben hätte? Und wenn meine Seele es mir nicht geben kann, wie dann kann China es mir geben, da ich China mit meiner Seele sehen werde, falls ich es sehen sollte! Ich könnte im Orient nach Reichtum suchen, nicht aber nach dem Reichtum der Seele, denn der

Reichtum meiner Seele bin ich, und ich bin, wo ich bin, mit oder ohne Orient. (...)

Ewige Reisende in uns selbst, sind unsere Landschaften, was wir sind. Wir besitzen nichts, weil wir nicht einmal uns besitzen. Wir haben nichts, weil wir nichts sind. Welche Hände sollte ich nach welchem Universum ausstrecken? Das Universum ist nicht mein: ich bin es. BdU, S. 130

*

Ich habe es stets abgelehnt, verstanden zu werden. Verstanden werden heißt sich prostituieren. Ich ziehe es vor, als derjenige, der ich nicht bin, ernst genommen und als Mensch mit Anstand und Natürlichkeit verkannt zu werden. BdU, S. 135

*

...die Welt, ein Misthaufen instinktiver Kräfte, der dennoch in der Sonne glänzt, strohgolden, in hellen und dunklen Tönen. BdU, S. 139

*

...mein ganzes Leben ist eine noch nicht unterschriebene Quittung.

In seinem Stall, aus dem er auf die Schlachtbank kommt, kräht der Hahn Hymnen auf die Freiheit, weil man ihm zwei Sitzstangen gegeben hat. BdU, S. 145

*

Das Gemeinste am Träumen ist, daß alle es tun. Irgendeiner Sache hängt im Dunkel seiner Gedanken der Lastenträger nach, der am hellichten Tag zwischen zwei Aufträgen an die Laterne gelehnt vor sich hin döst. Ich weiß, was ihm durch den Sinn geht: das gleiche, an das auch ich mich verliere zwischen den Eintragungen ins Hauptbuch in der sommerlichen Langeweile des stillen Büros. BdU, S. 146

*

Zeitlos und schön ist nur der Traum.
Warum also sprechen wir noch miteinander? AdC

*

Daß ich kein römischer Kaiser geworden bin, kann mich nicht sonderlich kümmern, wohl aber kann es mir überaus leid tun, nie auch nur ein Wort an die Näherin gerichtet zu haben, die immer gegen neun um die rechte Straßenecke biegt. BdU, S. 147

*

Ich bin nichts.
Werde nie etwas sein.
Kann nichts sein wollen.
Dennoch trage ich in mir alle Träume der Welt. AdC

*

Ich ging in die Messe wie in ein großes Geheimnis und aus ihr wie auf eine Lichtung. So war es wirklich und ist es wirklich noch immer. Nur ein Wesen, das nicht mehr glauben kann und erwachsen ist, mit einer Seele, die sich daran erinnert und weint, kennt Erfindung und Verstörung, Verwirrung und kalten Stein.

BdU, S. 149

*

Alles fühlen, auf alle Weise
Alle Meinungen haben,
Sich widersprechend aufrichtig sein, jede Minute
Sich unbequem sein, durch seine völlige Gedankenfreiheit,
Und die Dinge lieben wie Gott.

AdC

*

Je höher ein Mensch aufsteigt, desto mehr muß er sich versagen. Auf dem Gipfel ist Platz nur für ihn allein. Je vollkommener er ist, desto mehr ist er er selbst; und je mehr er er selbst ist, desto weniger ist er ein anderer.

Diese Gedanken kamen mir, nachdem ich in einer Zeitung einen Artikel über das große vielfältige Leben eines berühmten Mannes gelesen hatte, eines amerikanischen Millionärs, der fast alles gewesen war. Was immer er erstrebt hatte, er hatte es erreicht – Geld, Liebschaften, Zuneigung, Hingabe, Reisen, Sammlungen. Geld vermag nicht alles, die persönliche Anziehungskraft hingegen, mittels derer man zu viel Geld kommen kann, vermag tatsächlich fast alles.

Als ich die Zeitung im Kaffeehaus auf den Tisch legte, dachte ich, daß der Handelsvertreter, den ich flüchtig kenne und der wie alle Tage auch heute hinten an einem Ecktisch zu Mittag ißt, innerhalb seiner Sphäre dasselbe von sich behaupten könnte. Alles, was der Millionär hatte, hat auch dieser Mann; in geringerem Maße, gewiß, doch seiner Statur entsprechend. Diese beiden Männer haben das gleiche erreicht, und auch in ihrem Bekanntheitsgrad stehen sie sich in nichts nach, denn auch hier sorgt das unterschiedliche Milieu für Gleichheit. Jeder auf der Welt kennt den Namen des amerikanischen Millionärs; aber auch in Lissabons Kaufmannschaft kennt jeder den Namen des Mannes, der hier zu Mittag ißt.

Diese Männer haben letztlich alles erreicht, was eine Hand erreichen kann, wenn man den Arm ausstreckt. Nur waren ihre Arme verschieden lang; in allem übrigen aber waren sie einander gleich. Ich habe es nie fertiggebracht, Menschen dieser Art zu beneiden. Ich war immer der Ansicht, es sei erstrebenswert, zu erreichen, was außerhalb jeder Reichweite liegt, zu leben, wo man nicht ist, und nach dem Tod lebendiger zu sein als im Leben, kurz, etwas Unmögliches zu erreichen, etwas Absurdes, die Wirklichkeit der Welt wie ein Hindernis überwinden zu können.

Sollte man mir je sagen, das Vergnügen fortzudauern, nachdem man aufgehört hat zu sein, sei null und nichtig, antwortete ich zuallererst, daß ich dies nicht weiß, da ich nicht wirklich weiß, wie es um das menschliche Überleben bestimmt ist; und als nächstes, daß die Freude am künftigen Ruhm eine gegenwärtige Freude ist, denn allein der Ruhm ist Zukunft. Zudem ist es eine stolze Freude, eine Freude, wie sie kein materieller Besitz zu schenken vermag. Dies mag illusorisch klingen, aber wie dem auch sei, diese Freude ist weit größer, als nur freudig zu genießen, was hier ist. Der amerikanische Millionär kann sich nicht vorstellen, daß die Nachwelt seine Gedichte würdigen wird, zumal er nicht eines geschrieben hat; der Lissabonner Handelsvertreter kann sich nicht vorstellen, daß die Nachwelt sich an seinen Bildern erbauen wird, da er nicht eines gemalt hat.

Ich hingegen, der ich in diesem Übergangsleben nichts bin, kann beim Lesen dieser Seite die Zukunft im voraus genießen, denn ich schreibe tatsächlich; ich kann auf meinen künftigen Ruhm stolz sein wie ein Vater auf seinen Sohn, denn zumindest habe ich etwas, womit ich ihn erlangen könnte. Und während ich dies denke und vom Tisch aufstehe, erhebe ich mich mit innerer Majestät und in meiner ganzen Größe unsichtbar über Detroit, Michigan und die gesamte Kaufmannschaft von Lissabon.

Doch ich muß feststellen, daß ich anfangs anderen Überlegungen nachhing. Anfangs dachte ich darüber nach, wie klein man im Leben sein muß, um zu überleben. Die eine Überlegung ist so gut wie die andere, beide laufen auf dasselbe hinaus. Der Ruhm ist kein Orden, sondern eine Münze; auf der einen Seite die Figur, auf der anderen die Wertangabe. Für höhere Werte gibt es keine Münzen, nur Papier, dessen Wert immer gering ist.

Mit dieser metaphysischen Psychologie trösten sich schlichte Geister wie ich. BdU, S. 150

*

Ach, die unschlüssigen Stunden, in denen mein Leben dem eines anderen gleicht...
Die blauen Stunden auf den Terrassen kosmopolitischer Cafés!
Zur stunde feuchter Augen, in der die Lichter aufleuchten
Und die Müdigkeit leicht schmeckt nach einem vergangenen Fieber. AdC

*

Manche haben im Leben einen großen Traum und versäumen diesen Traum. Andere haben im Leben nicht einen Traum und versäumen auch ihn. BdU, S. 151

*

Die Natur ist der Unterschied zwischen Seele und Gott. BdU, S. 152

*

Sich kennen heißt sich irren, und das Orakel, das da sagte: »Erkenne dich selbst!«, hat dem Menschen eine schwierigere Aufgabe zugewiesen als die des Herkules und ein schwärzeres Rätsel aufgegeben als das der Sphinx. Sich bewußt nicht kennen – das ist der Weg!

BdU, S. 154

*

Alles und alle Dinge ziehen durch mich hindurch,
Und alle Städte der Welt sind Stimmen in mir ... AdC

*

Ich stehe mit ungeheurer Mühe von meinem Stuhl auf, aber kann mich des Eindrucks nicht erwehren, daß ich ihn mit mir herumtrage und daß er so schwer wiegt, weil er der Stuhl der Subjektivität ist. BdU, S. 159

*

Es ist eine Tatsache, daß die Freiheit an sich nichts wert ist. Wert haben zwei mit ihr verbundene Dinge. Zunächst gibt es das Ziel, das sie anvisiert und welches das nutzbringende Handeln eines konstruktiven Geistes ist. Dann gibt es die Errungenschaft der Freiheit.

AM, S. 272

*

Manche Metaphern sind wirklicher als die Menschen in den Straßen. Manche in Büchern verborgene Illustrationen leben sichtbarer als viele Männer und viele Frauen. Manche literarische Sätze besitzen ganz und gar menschliche Individualität.

Manche Geschöpfe sind imstande, Stunden hindurch

zu leiden, weil es ihnen nicht möglich ist, eine Gestalt aus einem Gemälde oder einer Spielkarte zu sein. Auf manchen Seelen lastet es wie ein Fluch, in der heutigen Zeit kein Mensch des Mittelalters sein zu können.

BdU, S. 162

*

Wenn ich eines Tages einen so genialen Federstrich erlangte, daß alle Kunst in mir vereinigt wäre, schriebe ich das Lob des Schlafes. Ich kenne kein größeres Vergnügen im Leben, als schlafen zu können: das vollkommene Erlöschen von Leben und Seele, das völlige Ausklammern aller Wesen und Menschen, die Nacht ohne Erinnerung noch Illusion, keine Vergangenheit haben noch Zukunft, [...] BdU, S. 165

*

Revolutionär oder Reformer – sie erliegen dem gleichen Irrtum. Unfähig, die eigene Haltung zum Leben, das alles ist, oder zum eigenen Sein, das fast alles ist, zu beherrschen oder zu ändern, ergreift der Mensch die Flucht nach vorn, indem er versucht, die Anderen und die Außenwelt zu verändern. Jeder Revolutionär, jeder Reformer ist ein Flüchtiger. Kämpfen heißt außerstande sein, sich selbst zu bekämpfen. Reformieren heißt selbst nicht verbesserungsfähig sein. BdU, S. 165

*

Wenn ich etwas hasse, ist es ein Reformer. Ein Reformer ist ein Mensch, der die oberflächlichen Übel der Welt erkennt, sich vornimmt, sie zu heilen, und doch nur die grundlegenden verschlimmert. Der Arzt versucht, einen kranken Körper einem gesunden anzugleichen; was aber in der Gesellschaft krank oder gesund ist, wissen wir nicht. BdU, S. 167

*

Warum gibt es keine wissenschaftliche Moral? Diese gibt es noch nicht, da wir beständig verschiedene Formen der Moral erschaffen. Mit der Entwicklung von Psychologie und Soziologie – Wissenschaften, die sich noch in einem unvollständigen Stadium befinden – nähern wir uns einer wissenschaftlichen Moral.

AM, S. 190

*

Es gibt nur eine Kraft, die die Religion eliminieren kann: die Bildung. Und die Bildung – sie kann es, da sie selbst eine (wenn auch noch unvollständige) Wissenschaft ist – hat wissenschaftlich zu sein. AM, S. 191

*

Der unendliche Fortschritt ist eines der absurdesten, antihistoristischsten und antiwissenschaftlichsten aller revolutionären Dogmen. AM, S. 274

*

Niemand kann König der Welt sein, es sei denn im Traum. Und ein jeder von uns will, sofern er sich wirklich kennt, König der Welt sein. BdU, S. 169

*

Die wirklich Leidenden rotten sich nicht zusammen, bilden keine Gemeinschaft. Wer leidet, leidet allein.

BdU, S. 169

*

Vergeblich dünken wir uns groß.
Nur wir, nichts sonst auf dieser weiten Welt,
    Heißt willkommen unsere Größe
    Und nichts ist willens uns zu dienen. RR, S. 89

*

Ich verachte die Pracht, denn sie ist käuflich.
    Die Liebe, denn sie wird zuteil. RR, S. 129

*

Wie schnell vergeht doch alles, was vergeht!
Und vor den Göttern stirbt so jung, was
    Stirbt! Wie wenig ist doch alles!
Wir wissen nichts, wir glauben nur.
Umgib mit Rosen dich, liebe, trinke,
    Schweige. Alles Übrige ist nichts. RR, S. 141

*

Wie ein Bettler, den man König nennt,
Sich nicht von des Königs Namen nährt, sondern von
des Königs
Teller, so nährt sich meine Hoffnung
Auf Verstand vom Verstand haben
Und nicht vom Wunsch. RR, S. 163

*

Wenn ich das Leben der Menschen aufmerksam betrachte, finde ich darin nichts, was es vom Leben der Tiere unterschiede. Die einen wie die anderen werden unbewußt durch die Dinge und die Welt geworfen; die einen wie die anderen legen hin und wieder eine Pause ein, die einen wie die anderen durchleben täglich den gleichen organischen Ablauf; die einen wie die anderen denken nicht über das hinaus, was sie denken, und sie leben auch nicht über das hinaus, was sie leben. Die Katze räkelt sich in der Sonne und schläft in ihr. Der Mensch räkelt sich im Leben mit all seinen Verwicklungen und schläft in ihm. Weder Tier noch Mensch entkommen dem schicksalhaften Gesetz, zu sein, was sie sind. BdU, S. 170

*

Im Grunde bin ich mit wenig zufrieden: zum Beispiel, daß der Regen aufgehört hat und in diesem glücklichen Süden eine prächtige Sonne scheint, daß die Bananen gelber wirken, weil sie schwarze Flecken haben, daß Leute sie verkaufen, weil sie reden können, daß da die

Rua da Prata mit ihren Bürgersteigen ist und im Hintergrund der Tejo, blau, grün-golden, und dieser kleine vertraute Winkel im großen System des Universums.

BdU, S. 175

*

Ich halte inne, ich höre, ich erkenne mich!
Der Klang meiner Stimme ist in die leblose Luft gefallen.

AdC

*

Verdammt, daß so viel so wenig ist!
Verdammt, daß so viele dumme Menschen so wenige ergeben!

AdC

*

Nur etwas erstaunt mich mehr als die Dummheit, mit der die meisten Menschen ihr Leben leben: die Intelligenz, die in dieser Dummheit steckt.

Dem Schein nach ist die Eintönigkeit der normalen Lebensläufe entsetzlich. Ich speise in diesem einfachen Restaurant und schaue über den Tresen auf die Gestalt des Kochs und neben mir auf den schon bejahrten Ober, der mich bedient, wie er seit schätzungsweise 30 Jahren in diesem Haus bedient. Was für ein Leben führen diese Menschen! Seit fast vierzig Jahren verbringt diese Gestalt fast den ganzen Tag in einer Küche, kennt nur ein paar kurze Ruhepausen, schläft verhältnismäßig wenig, reist ab und zu in seinen Heimatort, kommt ohne Zögern und ohne Kummer zurück, legt langsam ein spärliches Geld auf die hohe Kante, das nicht ausgegeben werden darf; der Koch würde krank, wenn er sich aus seiner Küche endgültig auf das Stück Land zurückziehen müßte, das er in Galicien erstanden hat; er lebt seit vierzig Jahren in Lissabon und war noch nicht einmal am Platz des Marquis de Pombal, geschweige denn im Theater. Ein einziger Tag mit Zirkusclowns lebt in den inneren Spuren seines Lebens fort. Er hat geheiratet, wie und weshalb weiß ich nicht, hat vier Söhne und eine Tochter, und wenn er sich über den Tresen in meine Richtung lehnt, spricht aus seinem Lächeln ein großes, feierliches, zufriedenes Glück. Dabei verstellt er sich nicht, und es ist auch kein Grund vorhanden, weshalb er sich verstellen sollte. Wenn er sich glücklich fühlt, dann, weil er es wirklich ist.

Und der alte Ober, der mich bedient und eben vor mir niederstellt, was gewiß der millionste Kaffee seiner Kellnerlaufbahn sein dürfte? Er führt das gleiche Leben mit einem Unterschied von vier oder fünf Metern – der Entfernung zwischen dem Arbeitsplatz des einen in der Küche zu dem Arbeitsplatz des anderen im äußeren Bereich des Restaurants. Im übrigen hat er nur zwei Kinder, reist häufiger nach Galicien, hat schon mehr von Lissabon gesehen als der andere und kennt die Stadt Porto, wo er vier Jahre verbrachte, und ist gleichfalls glücklich.

Bestürzt und bang betrachte ich das Panorama dieser Lebensläufe, und während sie Entsetzen, Mitgefühl und

Revolte in mir auslösen, entdecke ich, daß diejenigen, die weder Entsetzen noch Mitgefühl noch Revolte verspüren, ein Anrecht darauf hätten, sie zu verspüren, da genau sie diese Lebensläufe leben. Das ist der zentrale Irrtum der literarischen Phantasie: zu vermuten, daß die anderen wir sind und daß sie wie wir fühlen müssen. Aber zum Glück für die Menschheit ist jeder Mensch nur der, der er ist, und nur dem Genie ist es gegeben, außerdem noch ein paar andere Menschen zu sein.

Ein Mensch kann, wenn er denn wirklich weise ist, das gesamte Schauspiel der Welt von einem Stuhl aus genießen, ohne lesen zu können, ohne mit jemandem zu reden, nur seine Sinne gebrauchend und mit einer Seele begabt, die nicht traurig zu sein versteht.

Ich kann mir vorstellen, alles zu sein, weil ich nichts bin. Wäre ich etwas, könnte ich mir das nicht vorstellen. Der Hilfsbuchhalter kann träumen, er sei Kaiser des Römischen Reiches; der König von England kann das nicht, weil es dem König von England genommen ist, in Träumen ein anderer König zu sein, als er ist. Seine Wirklichkeit verleidet ihm das Fühlen. BdU, S. 176

*

Ich bereue nicht, daß ich war, der ich war,
Da ich es noch immer bin.
Ich bereue nur, dich früher nicht geliebt zu haben.

AC, S. 95

*

Wer liebt, ist ein anderer.
Und derselbe für sich allein. AC, S. 97

*

Einmal habe ich geliebt, im Glauben, ich würde wiedergeliebt,
Doch ich wurde nicht geliebt.
Ich wurde nicht geliebt aus dem einzigen großen Grund:
Es sollte nicht sein. AC, S. 113

*

Wenn der Frühling kommt
Und ich sollte schon tot sein,
Werden die Blumen blühen wie immer
Und die Bäume nicht weniger grün sein als im vergangenen Frühling.
Die Wirklichkeit braucht mich nicht.

Ich spüre ein unermeßliches Glücksgefühl
Bei dem Gedanken, daß mein Tod keine Bedeutung hat.
AC, S. 115

*

Wenn ihr nach meinem Tod meine Biographie schreiben wollt:
Nichts leichter als das.
Sie hat nur zwei Daten – das meiner Geburt und das meines Todes.
Alle Tage dazwischen gehören mir. AC, S. 117

Wenn Gras wächst über mein Grab,
Wird es Zeit, daß ihr mich ganz vergeßt.
Die Natur erinnert sich nie, und darum ist sie schön.
Und wenn ihr den krankhaften Drang verspürt, das grüne Gras
auf meinem Grab zu »deuten«,
Sagt, daß ich weitergrüne und weiter natürlich bin.

AC, S. 119

*

Nach einer schlecht geschlafenen Nacht kann uns niemand recht ausstehen. Der flüchtige Schlaf hat etwas von unserer Menschlichkeit mit sich genommen. Eine latente Gereiztheit scheint sogar in der uns umgebenden leblosen Luft zu liegen. Letztlich sind wir selbst es, die nicht mit uns einverstanden sind und zwischen uns die stille Schlacht der Diplomatie austragen.

Heute habe ich meine Füße und meine Erschöpfung durch die Straßen geschleppt. Meine Seele ist zu einem wirren Knäuel geschrumpft, und was ich bin und war, mein Ich, hat seinen Namen vergessen. Sollte es für mich ein Morgen geben, so weiß ich nur, daß ich nicht geschlafen habe, und das Durcheinander verschiedener Zeitspannen erlegt meiner inneren Rede tiefes Schweigen auf.

Ach, ihr großen Parkanlagen der anderen, ihr Gärten für so viele Benutzer, ihr wundervollen Alleen all derer, die nie Notiz von mir nehmen werden! Ich lebe dahin zwischen durchwachten Nächten wie einer, der es nie gewagt hat, überflüssig zu sein, und das, worüber ich nachdenke, schrickt mit einem abschließenden Traum aus dem Schlaf.

Ich bin ein verwaistes, klösterliches Haus, verschattet von scheu huschenden Gespenstern. Und stets bin ich im Zimmer nebenan, es sei denn, sie sind dort, und um mich her das große Rauschen der Bäume. Ich träume und finde; ich finde, weil ich träume. Meine Kindertage! Sogar ihr tragt eine Spielschürze!

Und bei alledem gehe ich durch die Straßen, schläfrig, ein vagabundierendes Blatt. Ein langsamer Wind hat mich vom Boden gefegt, und ich irre wie das Ende einer Dämmerung zwischen dem Geschehen in der Landschaft einher. Die Schwere meiner Augenlider geht über auf meine schlurfenden Füße. Ich möchte schlafen, weil ich gehe. Mein Mund ist geschlossen, als seien meine Lippen versiegelt. Mein Umherschweifen kommt einem Schiffbruch gleich.

Ja, ich habe nicht geschlafen, aber ich bin mir meiner gewisser, wenn ich weder geschlafen habe noch schlafe. Ich bin wirklich ich in dieser zufälligen und symbolischen Ewigkeit des halbseelischen Zustands, in dem ich mich täusche. Der eine oder andere Passant schaut mich an, als kenne er mich, aber scheint befremdet. Ich fühle, daß ich sie gleichfalls ansehe aus Augenhöhlen, die ich unter meinen Lidern spüre, aber ich will nichts wissen von der Welt.

Ich bin müde, so müde, todmüde. BdU, S. 179

Die Herberge zur Vernunft

Auf halbem Wege zwischen Glaube und Kritik liegt die Herberge zur Vernunft. Die Vernunft ist der Glaube an etwas, das man ohne Glauben verstehen kann; doch bleibt es noch immer ein Glaube, denn verstehen setzt voraus, daß es etwas Verstehbares gibt. BdU, S. 182

*

Leben heißt sterben, denn wir haben in unserem Leben nicht einen Tag mehr, der nicht ein Tag weniger wäre.

BdU, S. 183

*

Alles, was nicht bewiesen (und daher logischerweise auch nicht abgestritten) werden kann, ist ein legitimer Gegenstand des Glaubens. AM, S. 243

*

Wenn es zwischen Erkenntnis und Sein einen Antagonismus gibt, was kann dies dann anderes bedeuten, als daß das Erkennen nicht das Sein ist, daß das Erkennen das Nicht-Sein ist, daß es kein Erkennen gibt? So bleiben nicht zwei Begriffe in Opposition; einer der Begriffe verschwindet.

Entweder gibt es kein Erkennen, oder es gibt kein Sein. Wie nun das »Nicht-Sein«, eine nicht zu entscheidende Behauptung ist, gibt es zwangsläufig kein Erkennen. AM, S. 251

Wir wohnen noch immer der Dekadenz des Römischen Imperiums bei. Wenige bemerken das. AM, S. 351

*

Der Katholizismus ist der am besten organisierte Christismus, da er von allen Christismen der heidnischste ist.

AM, S. 441

*

Innerhalb des Heidentums gibt es keine Häresien. Es kann nur einen Atheismus geben. AM, S. 377

*

Ich weiß nicht, was ich will oder nicht will. Ich weiß nicht mehr zu wollen, ich weiß nicht mehr, wie man will, ich kenne die Emotionen oder Gedanken nicht mehr, an denen man für gewöhnlich erkennt, daß wir etwas wollen oder wollen wollen. Ich weiß nicht, wer ich bin noch was ich bin. Wie einer, der unter einer eingestürzten Mauer begraben liegt, liege ich unter der über mich hereingebrochenen Leere des gesamten Universums. Und so gehe ich, meinen eigenen Spuren folgend, bis die Nacht kommt und etwas von dem zärtlichen Gefühl, anders zu sein, wie ein Windhauch durch meine beginnende Ungeduld mit mir weht.

Und dieser hohe, größere Mond dieser sanften Nächte, lau vor Angst und Unruhe! Dieser düstere Friede der himmlischen Schönheit, diese kalte Ironie der warmen

Luft, diese schwarze Bläue, neblig vor Mondschein und
schüchtern vor Sternenglanz! BdU, S. 189

*

Ich glaube, ich werde sterben.
Doch ist mir der Sinn des Sterbens entfallen. AC, S. 127

*

Ich bin krank. Meine Gedanken beginnen sich zu
trüben.
Mein Körper, der an die Dinge rührt, geht ein in sie.
Durch die Berührung empfinde ich mich als Teil der
Dinge,
Und eine große Befreiung überkommt mich,
Eine große Freude, feierlich wie die eines heroischen
Aktes,
Allein vollzogen in der kargen, stillen Geste. AC, S. 131

*

Schreibt auf mein Grab:
Hier ruht, ohne Kreuz,
Alberto Caeiro,
Gegangen, die Götter zu holen ...
Ob die Götter leben oder nicht, ist eure Sache.
Mir habe ich hinterlassen, sie mögen mich empfangen.
AC, S. 169

*

(Vom Dichter am Tag seines Todes diktiert)

Vielleicht ist heute mein letzter Lebenstag.
Ich habe die Sonne gegrüßt, mit erhobener rechter Hand,
Aber nicht, um Abschied zu nehmen,
Sondern zum Zeichen, daß ich sie noch einmal sehen wollte, mehr nicht.

AC, S. 173

*

Wer die Blumen hat, braucht Gott nicht. AC, S. 177

*

Zuweilen denke ich mit traurigem Vergnügen, daß, wenn einst in einer Zukunft, der ich nicht mehr angehöre, meine Sätze Lob finden und fortdauern, ich endlich die Leute habe, die mich »verstehen«, die Meinen, die wahre Familie, um in ihr geboren und geliebt zu werden. Doch bis dahin ist es noch weit, und ich werde längst gestorben sein. Ich werde nur *in effigie,* als Abbild verstanden werden, wenn die Zuneigung die Ablehnung nicht mehr ausgleichen kann, die des Verstorbenen Los im Leben war.

BdU, S. 193

*

Drei Tage unvermindert sengender Hitze und gewittergeladener, unbehaglicher Ruhe brachten, da das Gewitter anderswohin abzog, eine leichte, laue und willkommene Frische an die hellglänzende Oberfläche der

Dinge. So verspürt bisweilen im Leben eine unter dem Leben leidende Seele plötzliche Erleichterung, ohne erklärbaren Grund.

Ich stelle mir vor, wir seien Klimazonen, über denen Gewitter drohen, die anderswo niedergehen. BdU, S. 194

*

Das Alltagsleben ist ein Heim. Der Alltag ist eine Mutter. Nach einem längeren Ausflug in die hohe Poesie, auf die Berge erhabenen Strebens, auf die Felsen des Transzendenten und des Okkulten, schmeckt es besser als gut, schmeckt es nach allem, was warm ist im Leben, wenn man zurückkehrt in die Herberge, wo die glücklichen Toren lachen, um mit ihnen zu trinken, ein Tor wie sie, und wie Gott uns geschaffen hat, zufrieden mit dem Weltall, das uns zuteil geworden ist, und alles übrige denen überlassend, die Berge besteigen, um oben auf der Höhe nichts zu tun.

Es beeindruckt mich nicht, wenn man von einem Menschen, den ich für einen Narren oder Ignoranten halte, sagt, er übertreffe einen Durchschnittsmenschen oftmals an Leistungsfähigkeit. Epileptiker entwickeln während eines Anfalls übermenschliche Stärke; Paranoiker ziehen Schlußfolgerungen, zu denen nur wenige normale Menschen imstande sind; einem religiösen Wahn Verfallene scharen solche Mengen von Gläubigen um sich, wie nur wenige Demagogen es (falls überhaupt) zustande bringen, und das mit einer inneren Überzeugungskraft, die den Demagogen für ihre Anhänger fehlt. All das beweist nur, daß der Wahnsinn Wahnsinn ist. Ich, der ich die Schönheit der Blumen kenne, ziehe eine Niederlage einem Sieg inmitten einer Wüstenei vor; denn letzterer leidet an der Verblendung der mit ihrer Nichtigkeit allein gelassenen Seele.

Wie häufig löst mein eigener belangloser Traum bei mir ein Gefühl des Entsetzens vor dem Innenleben aus, einen physischen Ekel vor Mystizismus und Kontemplation. Wie eilig laufe ich aus meinem Zimmer, wo ich dergestalt träume, ins Büro: Und kaum sehe ich Moreiras Gesicht, ist es, als hätte ich den rettenden Hafen erreicht. Wenn ich alles recht überdenke, ziehe ich Herrn Moreira der Welt der Gestirne vor, die Wirklichkeit der Wahrheit und das Leben im Grunde Gott selbst, seinem Schöpfer. Da er es mir denn so gegeben hat, werde ich es so leben. Ich träume, weil ich träume, aber ich tue mir weder die Schmach an, in meinen Träumen etwas anderes zu sehen als meine Privatbühne, noch betrachte ich den Wein, auf den ich gleichwohl nicht verzichte, als Nahrungsmittel oder Lebensnotwendigkeit.

BdU, S. 202

*

Heute traf ich nacheinander auf der Straße zwei meiner Freunde, die sich zerstritten hatten. Jeder erzählte mir, wie es zu dem Streit gekommen war. Jeder sagte mir die Wahrheit. Jeder legte mir seine Gründe dar. Beide waren im Recht. Beide waren vollkommen im Recht. Keiner sah etwas, das der andere nicht gesehen hätte, keiner sah die Sache von nur einer Seite. Nein, jeder sah den Sachverhalt so, wie er war, jeder sah ihn unter dem gleichen Gesichtspunkt wie der andere, doch sah ihn jeder anders, und somit hatte jeder recht.

Diese doppelte Existenz der Wahrheit verwirrte mich. BdU, S. 211

*

Zusammenarbeiten, sich zusammentun, gemeinsam mit anderen handeln ist metaphysisch gesehen ein krankhafter Impuls. Die Seele, die jedem einzelnen gegeben ist, darf nicht für seine Beziehungen zu anderen herhalten. Die göttliche Tatsache, zu existieren, darf nicht der satanischen Tatsache, zu koexistieren, anheimgegeben werden.

Handle ich gemeinsam mit anderen, geht mir zumindest eines verlustig: alleine zu handeln.

Vertraue ich mich anderen an, mache ich mich klein, auch wenn ich mich scheinbar vergrößere. Zusammenleben heißt sterben. Einzig mein Bewußtsein von mir selbst ist für mich wirklich; andere sind in diesem Bewußtsein ungewisse Phänomene, und es wäre krankhaft, ihnen eine allzu wirkliche Wirklichkeit zu verleihen.

Kinder, die ihren Willen um jeden Preis durchsetzen wollen, sind Gott näher, denn sie wollen existieren.

Unser Erwachsenenleben beschränkt sich darauf, Almosen zu geben. Wir alle leben von fremden Almosen. Wir vergeuden unsere Persönlichkeit mit Orgien der Koexistenz. BdU, S. 213

Begeisterung ist geschmacklos.

Begeisterung äußern heißt vor allem, unser Recht auf Unaufrichtigkeit verletzen.

Wir wissen nie, wann wir aufrichtig sind. Vielleicht sind wir es nie. Selbst wenn wir heute aus einem ganz bestimmten Grund aufrichtig sind, sind wir es morgen vielleicht aus einem ganz anderen.

Ich für mein Teil habe niemals Überzeugungen gehabt. Immer nur Eindrücke. Ich könnte nie einen Ort hassen, an dem ich einen aufsehenerregenden Sonnenuntergang erlebt habe.

Eindrücke äußern heißt eher uns davon überzeugen, daß wir sie haben, als daß wir sie wirklich hätten.

BdU, S. 215

*

Meinungen haben heißt sich an sich selbst verkaufen. Keine Meinungen haben heißt existieren. Alle Meinungen haben heißt Dichter sein. BdU, S. 215

*

Ich vertrete die widersprüchlichsten Meinungen, die unterschiedlichsten Glaubensanschauungen. Daher denke, rede, handle ich nie ... Für mich denkt, redet, handelt stets einer meiner Träume, in dem ich mich im entsprechenden Augenblick verkörpere. Ich rede, und ein Ich-Anderer spricht. Als wirklich *mein* empfinde ich einzig eine enorme Unfähigkeit, eine unermeßliche Leere, ein

Unvermögen gegenüber allem, was Leben ist. Ich kenne keine Geste, die wirklichem Handeln entspräche [...]

Ich habe nie gelernt zu existieren.

Ich erreiche alles, was ich will, sofern es in mir ist.

Ich wünschte mir, die Lektüre dieses Buches hinterließe bei Ihnen den Eindruck eines wollüstig durchlebten Alptraums.

Was einst moralisch war, ist heute für uns ästhetisch...
Was sozial war, ist heute individuell... BdU, S. 218

*

Was auch immer unsere Sensibilität bewegt, so angenehm es auch sein mag, es stört stets das mir rätselhafte Eigenleben dieser Sensibilität. Nicht nur große Sorgen, sondern auch kleine Ärgernisse lenken uns von uns ab und trüben den Seelenfrieden, nach dem wir uns alle unwillkürlich sehnen.

Wir leben zumeist außerhalb unserer selbst, und das Leben ist eine fortwährende Zerstreuung. Und doch zieht es uns zu uns selbst wie zu einem Mittelpunkt, um den wir gleich Planeten absurde, ferne Ellipsen beschreiben. BdU, S. 220

*

Selbst den einfachsten Halm vergißt das Schicksal nicht.
Das Gesetz nährt alles Leben.
Das Welken ist den Rosen eigen
Und die Vergänglichkeit den Freuden.

Wer, mein Freund, kennt uns, so wie wir waren?
Nicht einmal wir selbst. RR, S. 167

*

Ich habe mehr Länder bereist als jene, auf die ich meinen Fuß setzte...
Ich habe mehr Landschaften gesehen als jene, auf die mein Blick fiel...
Ich habe mehr gefühlt als alles, was ich je fühlte,
Denn so viel ich auch fühlte, es mangelte mir immer am Fühlen,
Und immer schmerzte mich das Leben, immer war es zu wenig, und ich war nicht glücklich. AdC

*

Welch wollüstig [...], übersinnliches Vergnügen, bisweilen nachts durch die Straßen der Stadt zu streifen und von meiner Seele aus die Häuserzeilen zu betrachten, die unterschiedlichen Bauwerke, die architektonischen Details, das Licht in Fenstern, die Blumentöpfe, die jeden Balkon anders erscheinen lassen – welch unmittelbare, große Freude empfinde ich, wenn beim Anblick all dessen über die Lippen meines Bewußtseins der erlösende Schrei kommt: Nichts, nichts von alledem ist wirklich! BdU, S. 228

*

Ich bewahre in meinem Herzen,
Wie in einer übervollen Schatztruhe,

Alle Orte, an denen ich weilte,
Alle Häfen, in die ich kam,
Alle Landschaften, die ich durch Fenster und Bullaugen
Oder von Deck aus sah im Traum,
Und all dies, so viel, ist wenig verglichen mit dem, was ich will.

AdC

*

Ich bin derjenige, der immer gehen will,
Und immer bleibt, immer bleibt, immer bleibt.

AdC

*

Ich ziehe die Prosa als Kunstart dem Vers vor, und das aus zwei Gründen. Der erste ist rein persönlicher Art, ich habe keine andere Wahl, denn ich kann nicht in Versen schreiben. Der zweite hingegen ist allgemeiner Art und, wie ich meine, kein Schatten und keine Tarnung des ersten. Es lohnt daher, ihn näher auszuführen, denn er berührt den inneren Sinn allen Kunstwertes.

Ich betrachte die Poesie als ein Zwischending, einen Übergang von der Musik zur Prosa. Wie die Musik ist die Poesie durch rhythmische Gesetze eingeschränkt, die, selbst wenn es nicht die starren Gesetze der Metrik sind, doch als Richtlinien, Zwänge und automatische Vorrichtungen zur Einengung und Züchtigung wirken. In der Prosa reden wir frei. Wir können musikalische Rhythmen einbeziehen und dennoch denken. Wir können poetische Rhythmen einbeziehen und dennoch außerhalb bleiben. Ein gelegentlicher Versrhythmus stört die Prosa nicht; ein gelegentlicher Prosarhythmus hingegen macht den Vers holprig.

Die Prosa umfaßt die gesamte Kunst – einesteils, weil im Wort die ganze Welt enthalten ist, andernteils, weil das freie Wort alle Möglichkeiten enthält, die Welt zu beschreiben und zu denken. In der Prosa geben wir alles transponiert wieder: Farbe und Form, die Malerei nur direkt, in ihnen selbst und ohne innere Dimension wiedergeben kann; Rhythmus, den Musik nur direkt vermitteln kann, in ihm selbst, ohne Formgestalt noch jene zweite Gestalt der Idee; Struktur, die der Architekt aus vorgegebenen, harten, äußeren Dingen schaffen muß, können wir in Rhythmen, Verzögerungen, Abfolgen und flüssigem Stil herstellen; die Wirklichkeit, die der Bildhauer in der Welt zurücklassen muß, ohne Aura noch Transsubstantiation; und schließlich die Poesie, in welcher der Dichter, wie der Initiierte eines okkulten Ordens, sich (wenn auch freiwillig) einem Rang und einem Ritual beugt.

Ich bin überzeugt, daß in einer ideal zivilisierten Welt Prosa die einzige Kunst sein wird. Wir ließen die Sonnenuntergänge Sonnenuntergänge sein und würden die Kunst nur darauf verwenden, sie verbal zu verstehen und in eine verständliche Farbenmusik zu transponieren. Wir ließen die Körper Körper sein und keine Skulpturen, sie behielten ihre lebendige Kontur und ihre sanfte Wärme, die wir sehen und berühren. Wir erbauten Häuser, nur um in ihnen zu wohnen, was letztlich ihre Bestimmung ist. Die Poesie bliebe, damit die Kinder der künftigen Prosa näherkämen, denn die Poesie ist gewiß etwas Kindliches, Mnemonisches, ein Behelf und ein Beginn.

Selbst die kleineren Künste oder jene, die wir so nennen, finden ihren Widerhall in der Prosa. Es gibt eine Prosa, die tanzt, singt und sich selbst deklamiert. Es gibt Wortrhythmen, die tanzen, in denen sich der Gedanke schlängelnd entblößt – in durchscheinender, vollkommener Sinnlichkeit. Und desgleichen theatralische Subtilitäten, in denen ein großer Schauspieler das WORT, rhythmisch das unfaßbare Mysterium des Universums, in seine eigene körperliche Substanz verwandelt.

BdU, S. 228

*

Wir spielen Versteck mit unserer Absicht...
Wir machen Kunst und wollen in Wirklichkeit das Leben machen. AdC

*

Lesen heißt durch fremde Hand träumen. Flüchtig lesen heißt uns von der Hand befreien, die uns führt. Oberflächliche Bildung ist die beste Voraussetzung für ein gutes Lesen und Tiefgang.

Wie schäbig und hinterhältig das Leben doch ist! Bedenke, damit es schäbig und hinterhältig ist, reicht es, daß es dir gegen deinen Willen gegeben wird, daß es in nichts von deinem Willen abhängt, ja, nicht einmal von der Illusion deines Willens.

Sterben heißt ein vollkommen Anderer werden. Deshalb ist jeder Freitod feige; durch ihn liefern wir uns dem Leben ganz und gar aus. BdU, S. 230

*

Kunst ist ein sich allem Handeln oder Leben Entziehen. Kunst ist der intellektuelle Ausdruck von Emotion, die wiederum willentlicher Ausdruck des Lebens ist. Was wir nicht haben, nicht wagen oder nicht erreichen, ermöglicht uns der Traum, und mit diesem Traum schaffen wir Kunst. Bisweilen ist die Emotion – wenngleich auf das Handeln beschränkt – so heftig, daß dieses Handeln sie nicht zufriedenstellen kann; mit diesem Zuviel an Emotion, das im Leben keinen Ausdruck gefunden hat, wird das Kunstwerk geschaffen. Somit gibt es zwei Arten von Künstlern: den Künstler, der dem Ausdruck verleiht, was er nicht hat, und den Künstler, der dem Ausdruck verleiht, was er zuviel gehabt hat. BdU, S. 231

*

Fragmente

Glauben heißt irren. Nicht glauben nützt nichts.

. . .

Weder die stillstehende Uhr noch das Fehlen des
Wassers in der Wasseruhr oder des Sandes im
    Stundenglas
    Nehmen der Zeit die Zeit.

Der Zufall, Schattenwurf des Schicksals,
Wirft seine Würfel, doch das Schicksal hält sie fest.
    Jemand sammelt sie in den Becher.

. . .

Der Götter Wankelmut zwingt uns zu allem
Wie auch die unbekannte Kraft des Schicksals.

. . .

Über das Universum weiß ich nur,
Daß es außerhalb ist von mir.

. . .

Kein Schicksal ohne Hoffnung!
Wir, die wir nur sehen, wen wir berühren, sind blind.

. . .

Ob geliebt oder ungeliebt, du wirst alt,
Lieber alt werden und verloren haben, als nichts gehabt
zu haben.

. . .

Stets verrinnt rasch mir die kurz bemessene Zeit,
Selbst der Schmerz verlangsamt sie nicht.

. . .

Glücklichsein ist ein Joch, Großsein
Eine Knechtschaft: alles ist mir zuwider,
Nur die Erhabenheit nicht. RR, S. 227

*

Glücklich, wer vom Leben nicht mehr verlangt, als es ihm aus freien Stücken gibt, und sich vom Instinkt der Katzen leiten läßt, die Sonne suchen, wenn Sonne scheint, und wenn sie nicht scheint die Wärme, wo auch immer sie zu finden ist. Glücklich, wer auf seine Persönlichkeit zugunsten der Vorstellungskraft verzichtet, sich am Betrachten fremder Leben erfreut und, wenn auch nicht alle Eindrücke, so doch das äußere Schauspiel der Eindrücke anderer erlebt. Glücklich, zu guter Letzt, wer auf alles verzichtet und wer, da er auf alles verzichtet hat, um nichts beschnitten oder gebracht werden kann.

Der Bauer, der Romanleser, der reine Asket – diese drei kennen das Glück des Lebens, denn alle drei verzichten auf ihre Persönlichkeit – der eine, weil er instinkthaft lebt und somit unpersönlich, der andere, weil er in der Vorstellungswelt lebt und somit im Vergessen, der dritte, weil er nicht lebt und, da er nicht tot ist, schläft. BdU, S. 232

*

...die feierliche Traurigkeit, die allem Großen innewohnt – hohen Bergen wie bedeutenden Leben, tiefen Nächten wie unsterblichen Gedichten. BdU, S. 233

*

Ach, was für Gefängnisse, die Wünsche!
Was für ein Tollhaus, der Sinn des Lebens! AdC

Haben wir nur geliebt, dürfen wir sterben. BdU, S. 233

*

Alle Liebesbriefe sind
LÄCHERLICH.
Sie wären keine Liebesbriefe, wären sie nicht
LÄCHERLICH.

Alle großgeschriebenen Wörter,
Wie auch die großgeschriebenen Gefühle,
Sind selbstverständlich
LÄCHERLICH. AdC

*

Ich wurde nur einmal wahrhaft geliebt. Freundlichkeit fand ich immer, bei allen Menschen. Selbst solche, die ich nur flüchtig kannte, zeigten sich mir gegenüber selten grob, abweisend oder gar kalt. Und so manche der Freundlichkeiten hätte ich – vielleicht – mit etwas Zutun in Liebe oder Zuneigung verwandeln können. Doch brachte ich nie die Geduld oder geistige Aufmerksamkeit auf, um überhaupt eine solche Anstrengung unternehmen zu wollen.

Zunächst glaubte ich – so wenig kennen wir uns selbst –, Schüchternheit sei der Grund für meine seelische Passivität. Doch dann entdeckte ich, daß vielmehr ein emotionaler Überdruß ausschlaggebend war, der anders ist als der Lebensüberdruß, mir fehlte die Geduld, mich auf ein kontinuierliches Gefühl einzulassen, insbesondere wenn dies beständig Anstrengung verlangte.

»Wozu?« dachte in mir, was nicht denkt. Ich besitze genügend Scharfsinn und ausreichend psychologisches Taktgefühl, um das »Wie« zu kennen; das »Wie des Wie« hingegen hat sich mir nie entschlüsselt. Der Grund für meine Willensschwäche lag stets in der mangelnden Kraft meines Willens, zu wollen. So erging es mir mit meinen Emotionen, mit meinem Intellekt, mit meinem Willen selbst und mit allem, was das Leben ausmacht. (...)

Wie ermüdend, geliebt zu werden, wahrhaft geliebt zu werden! Wie ermüdend, das Objekt emotionaler Belastungen eines anderen zu sein! Sich, wenn man sich frei, immer frei hat sehen wollen, mit einem Mal die Last der Verantwortung aufzubürden, Gefühle zu erwidern und so anständig zu sein, sich nicht zu entziehen, damit nur ja keiner auf den Gedanken kommt, man sei ein Prinz in Sachen Emotion und weise zugleich das Höchste zurück, das eine menschliche Seele zu geben vermag. Wie ermüdend, unsere Existenz ganz und gar abhängig zu sehen von der Gefühlsbeziehung zu einem anderen Menschen! Wie ermüdend, gezwungenermaßen fühlen zu müssen, gezwungenermaßen ebenfalls ein bißchen lieben zu müssen, wenn auch ohne die volle Erwiderung! BdU, S. 234

*

Ich werfe meinen Federhalter auf den Schreibtisch, er rollt ungehindert über die Schräge zurück, an der ich arbeite.

Ich fühlte dies alles mit einem Mal. Und meine Freude äußert sich in dieser Geste des Zorns, den ich nicht empfinde. BdU, S. 237

*

Ich will das Gute, und will das Schlechte, und schließlich will ich nichts. AdC

*

Notizen zu einer Lebensregel

Es nötig haben, andere zu beherrschen, heißt andere nötig haben. Der Vorgesetzte ist ein Abhängiger.

Seine Persönlichkeit erweitern, ohne ihr etwas Fremdes hinzuzufügen – weder von anderen etwas erbitten noch anderen befehlen, aber die anderen *sein,* wenn man andere braucht.

Unsere Bedürfnisse auf ein Minimum herabsetzen, damit wir in nichts von anderen abhängen.

Absolut ist dieses Leben gewiß unmöglich. Relativ jedoch ist es das nicht.

Nehmen wir den Prinzipal eines Büros. Er sollte in der Lage sein, ohne andere auszukommen; er sollte auf der Schreibmaschine schreiben, seine Buchführung erledigen und das Büro kehren können. Daher sollte er von anderen nur aus zeitersparenden Gründen abhängen und nicht aus mangelnder Kompetenz. Er sollte dem Lehrling sagen: »Bring diesen Brief zur Post«, da er mit einem Gang zur Post nicht unnütz Zeit vertun will und nicht etwa, weil er nicht weiß, wo das Postamt ist. Und zu einem Angestellten sollte er sagen: »Gehen Sie da und da hin und erledigen diese Angelegenheit«, weil er mit ihrer Erledigung selbst keine Zeit verlieren will und nicht, weil er nicht weiß, wie man dies tut. BdU, S. 237

*

Alles fühlen, auf alle Weise
Alles leben, von allen Seiten
Dasselbe sein, auf alle mögliche Art, zur selben Zeit
In sich die ganze Menschheit verwirklichen, aller Augenblicke
In einem einzigen Augenblick, verschwommen,
verschwenderisch, vollkommen und fern. AdC

*

Tugend kennt keinen gerechten Lohn und Sünde keine gerechte Strafe. Lohn oder Strafe wären im übrigen gleichermaßen ungerecht.(...)

Das Leben, sagte Tarde, ist die Suche nach dem Unmöglichen vermittels des Unnützen. Wir sollten stets das Unmögliche suchen, denn dies ist unser Geschick; wir sollten es mit Hilfe des Unnützen suchen, denn kein Weg führt daran vorbei; wir sollten uns zu dem Bewußtsein aufschwingen, daß wir nichts suchen, was wir finden könnten, und daß nichts auf unserem Weg eine Zärtlichkeit oder wehmütige Erinnerung verdient.

Wir werden aller Dinge müde, nur des Verstehens nicht, sagte der Scholiast. Laßt uns also verstehen, immerzu verstehen, und aus diesem Verstehen versuchen, findig Blumengewinde und Kränze zu flechten, die früher oder später doch verwelken, Spektralblumen unseres Verständnisses. BdU, S. 238

*

Die menschliche Seele ist ein Irrenhaus des Grotesken. Könnte eine Seele sich wahrhaft offenbaren, wäre ihre Scham nicht größer als alle bekannte und benannte Schamhaftigkeit, und sie wäre, wie es von der Wahrheit heißt, ein Brunnen, doch ein finsterer Brunnen voll unbestimmter Echos, bevölkert von abscheulichen Existenzen, schleimigen Wesen ohne Leben, Schnecken ohne Sein, Rotz unserer Subjektivität. BdU, S. 241

*

Ich weiß nicht, was das ist: mich kennen. Ich sehe nicht nach innen.
Ich glaube nicht, daß ich hinter meinem Rücken existiere. AC, S. 161

*

Man hat mir von Menschen erzählt, von Menschheit,
Doch ich habe nie Menschen gesehen und nie eine Menschheit.
Wohl aber einige verblüffend unterschiedliche Menschen,

Jeder vom anderen durch einen menschenleeren Raum getrennt. AC, S. 161

*

Ein Major außer Dienst – ich könnte mir nichts Besseres vorstellen. Zu schade, daß man nicht für alle Zeit schlicht Major außer Dienst hat sein können!

Mein Durst nach Ganz-Sein hat mich in diesen Zustand unnützer Trauer versetzt.

Setzen wir uns! Von hier sieht man mehr Himmel. Die Unermeßlichkeit dieser gestirnten Höhen ist tröstlich. Bei ihrem Anblick schmerzt das Leben weniger; der zarte Hauch eines feinen Fächers streift unser vom Leben erhitztes Gesicht. BdU, S. 243

*

Wir sind viel komplexer, aber nicht weil es in uns selbst mehr gäbe, sondern weil diese kleine Ewigkeit, die wir sind, nur noch konfus ist. Alles, was wir sind ist konfus. Wir haben die klare Sicht auf die Welt verloren und auch den hellen inneren Blick auf uns selbst. Wir fiebern und wir altern. Was bei uns neu ist und was die Griechen noch nicht hatten, das ist das Alter. Es ist das Alter in seiner höchsten Erfahrung und in der geringsten Fähigkeit, sie auch zu nutzen; es ist das konfuse und sehnsuchtsvolle Alter; das schwatzhafte, das sich selbst, seine Erinnerungen und seine Gefühle analysierende Alter, als Ausgleich dafür, daß man sich nicht mehr richtig bewegen und nicht mehr ordentlich zufassen kann. AM, S. 185

*

Alles, was uns widerfährt, als Geschehen oder Episoden eines Romans betrachten, den wir nicht mit unseren Augen, sondern mit dem Leben lesen. Allein mit dieser Haltung können wir die Tücke der Tage, die Launen der Ereignisse bezwingen. BdU, S. 244

*

Blumen lieb ich, such sie nicht. Sind sie da,
Freu ich mich, bin glücklich, denn wer Freude sucht,
Muß suchen, und Suchen ist unerfreulich.
Das Leben sei uns wie die Sonne, sie ist uns gegeben,
Reißen wir keine Blumen aus, denn ausgerissen
Sind sie nicht unser, sondern tot. RR, S. 185

*

Das praktische Leben schien mir immer der unbequemste aller Selbstmorde zu sein. BdU, S. 245

*

Der Niedergang der klassischen Ideale hat alle Menschen zu potentiellen und somit schlechten Künstlern gemacht. Als noch eine solide Konstruktion und ein gewissenhaftes Einhalten von Regeln Maßstäbe für die Kunst waren, konnten sich nur wenige als Künstler versuchen, und ein Großteil von ihnen war sehr gut. Als die Kunst aber nicht länger als etwas Schöpferisches betrachtet wurde, sondern als Ausdruck der Gefühle, konnte ein jeder Künstler sein, da ein jeder Gefühle hat.

BdU, S. 247

*

Die Kunst ist eine Wissenschaft...
Sie leidet rhythmisch.

Ich kann nicht lesen, denn mein ungezügelter Hang zur Kritik entdeckt nur Fehler, Mängel und mögliche Verbesserungen. Ich kann nicht träumen, denn meine Träume sind so lebensnah, daß ich sie der Wirklichkeit gleichstelle und ihre Unwirklichkeit unmittelbar spüre; daher verlieren sie ihren Wert. Ich kann mich nicht am harmlosen Betrachten von Dingen und Menschen erfreuen, mein Drang zu vertiefen ist übermächtig, und da mein Interesse nicht ohne ihn bestehen kann, wird es entweder durch ihn erlöschen oder sich erschöpfen [...].

Glücklich, wer leidet und eins bleibt mit sich, wen die Angst ändert, aber nicht uneins werden läßt mit sich, wer glaubt, wenn auch im Unglauben, und in der Sonne sitzen kann ohne Vorbehalt. BdU, S. 248

*

Ich beschränkte meinen Kontakt zu anderen auf ein Mindestmaß. Ich tat mein Bestes, um alle Liebe zum Leben zu verlieren [...]. Und meines Verlangens nach Ruhm entledigte ich mich nach und nach wie ein müder Mensch seiner Kleider, um zu ruhen. BdU, S. 249

*

Nicht verstehen wollen, nicht analysieren ... sich sehen wie die Natur; seine Empfindungen betrachten wie eine Landschaft – das ist weise sein. BdU, S. 252

*

...dieser heilige Instinkt, der uns veranlaßt, keine Theorien zu haben... BdU, S. 253

*

Denken kann erhebend, muß jedoch nicht elegant sein, je mehr es ihm aber an Eleganz fehlt, desto mehr verliert es seine Wirkung auf andere. Kraft ohne Geschick ist bloße Masse. BdU, S. 259

*

Täuschen heißt lieben. Wann immer ich ein hübsches Lächeln oder einen bedeutungsvollen Blick sehe, überlege ich sofort – einerlei, wem Lächeln oder Blick gehören –, wer wohl in der Tiefe jener Seele, deren Gesicht uns zulächelt oder anblickt, der Politiker ist, der uns da kaufen will, die Dirne, die will, daß wir sie kaufen. Doch der Politiker, der uns kauft, hat zumindest an seinem Kauf Freude; und die Dirne freut sich zumindest, wenn wir sie kaufen. Ob wir wollen oder nicht, wir können der universalen Brüderlichkeit nicht entkommen. Wir lieben alle einander, und die Lüge ist der Kuß, den wir tauschen. BdU, S. 263

*

Ich weiß nicht, wer mich an mich erinnert,
Ich war ein anderer, als ich er war, noch weiß ich,
Ob mit meiner Seele jene Seele ich erkenne,
Die fühlend ich erinnere. RR, S. 169

*

Zuneigung bleibt bei mir immer oberflächlich, das allerdings tut sie aufrichtig. Ich bin immer ein Schauspieler gewesen, und zwar ein hervorragender. Wann immer ich geliebt habe, habe ich getan, als liebte ich, und selbst mir gegenüber tue ich so. BdU, S. 263

*

Überdruß ... Wer Götter hat, verspürt nie Überdruß. Überdruß ist ein Mangel an Mythologie. Wer keinen Glauben hat, dem ist selbst der Zweifel unmöglich, selbst seinem Skeptizismus fehlt die Kraft zum Mißtrauen. Ja, das ist der Überdruß: der Verlust der seelischen Fähigkeit, sich Illusionen zu machen, das gedankliche Fehlen der inexistenten Leiter, auf der er sicher und bestimmt zur Wahrheit aufsteigen kann …

BdU, S. 267

*

Ich habe die *Pickwick Papers* bereits gelesen, und das ist eine der großen Tragödien meines Lebens. (Ich kann sie nicht noch einmal zum ersten Mal lesen.) BdU, S. 271

*

Hoffnung ist eine Pflicht des Gefühls. RR, S. 175

*

Die Kunst befreit uns illusorisch vom Schmutz des Seins. Solange wir die Leiden und die Schmach Hamlets, des Prinzen von Dänemark, fühlen, fühlen wir die unseren nicht – abscheulich, weil sie die unseren, und abscheulich, weil sie abscheulich sind.

Liebe, Schlaf, Drogen und Rauschmittel sind Elementarformen der Kunst, oder besser gesagt, sie bewirken das gleiche. Doch kennen Liebe, Schlaf und Drogen die Desillusion. Die Liebe wird man leid, oder sie enttäuscht. Aus dem Schlaf erwacht man, und hat man geschlafen, hat man nicht gelebt. Die Drogen bezahlt man mit dem Ruin genau des Körpers, dem sie als Stimulanz dienten. Die Kunst aber kennt keine Desillusion, denn die Illusion ist von vornherein einkalkuliert. Aus der Kunst gibt es kein Erwachen, denn in ihr schlafen wir nicht, auch wenn wir in ihr träumen. Die Kunst fordert von uns für ihren Genuß weder einen Preis noch eine Strafe.

(...)

Besitzen ist verlieren. Fühlen, ohne zu besitzen, ist bewahren, denn es bedeutet, die Essenz einer Sache zu erfassen. BdU, S. 271

*

Stark sein bedeutet, fühlen zu können. AM, S. 61

*

Es hängt alles davon ab, ob man diese gelbe Blume als eine von vielen gelben Blumen ansieht oder eben nur als jene gelbe Blume. AM, S. 41

*

Nicht die Liebe lohnt der Mühe, wohl aber ihr Umfeld... BdU, S. 272

*

Christus ist eine Form der Emotion.

Im Pantheon ist Platz für all die Götter, die sich gegenseitig ausschließen, und alle haben ihren Thron und ihre Macht. Jeder einzelne kann alles sein, denn hier gibt es keine Grenzen, nicht einmal logische, und durch die Gegenwart einiger Unsterblicher kommen wir in den Genuß der Gleichzeitigkeit verschiedenster Unendlichkeiten und unterschiedlichster Ewigkeiten.

BdU, S. 272

Das Christentum brachte teils als Reaktion, teils als Gereiztheit Dinge wie den modernen Kapitalismus hervor, der für den Arbeiter schlimmer als die antike Sklaverei ist. AM, S. 124

*

Gestaltende Elemente des Christismus

1 *Das jüdische Element* – der intolerante und proselytische Monotheismus.
2 *Das orientalische (orientalisierte), eigentlich christliche Element* – auf der einen Seite ein orientalischer Mystizismus, auf der anderen Seite ein gleichmachender und brüderlicher Humanitarismus.
3 *Das römische Element* – die (imperalistische und) heidnische Tendenz – repräsentiert durch den heidnischen Aberglauben. (Das Heidentum der Dekadenz.)

AM, S. 125

*

Die Geschichte verweigert Gewißheit. Es gibt Zeiten der Ordnung, in denen alles niedrig, und Zeiten der Unordnung, in denen alles erhaben ist. Zeiten des Niedergangs sind reich an geistiger Unerschrockenheit, Zeiten der Stärke an intellektueller Schwäche. Alles vermischt und überschneidet sich, und die Wahrheit existiert nur als Vermutung. BdU, S. 273

*

Ach, der Unterschied, den die Revolutionäre zwischen Bürgern und Volk, zwischen Adligen und Volk oder Regierenden und Regierten machen, ist ein schmerzlich krasser Irrtum. Der eigentliche Unterschied besteht zwischen Angepaßten und Unangepaßten: Alles übrige ist Literatur, und zwar schlechte Literatur. Wenn der Bettler angepaßt ist, kann er morgen König sein, damit jedoch hat er die Kraft, Bettler zu sein, eingebüßt. Er hat die Grenze überschritten und die Nationalität verloren. (...)

Auf der einen Seite stehen die Könige mit ihrem Prestige, die Kaiser mit ihrem Ruhm, die Genies mit ihrer Aura, die Heiligen mit ihrem Heiligenschein, die Volksführer mit ihrer Herrschaft, die Prostituierten, die Propheten und die Reichen ... Auf der anderen Seite stehen wir – der Lastenträger an der Straßenecke, der hitzköpfige Dramatiker William Shakespeare, der Friseur mit seinen Anekdoten, der Schulmeister John Milton, der Lehrling in seinem Laden, der Vagabund Dante Alighieri, diejenigen, die der Tod vergißt oder weiht und die das Leben weihelos vergessen hat. BdU, S. 273

*

Der Monotheismus ist eine Religion der Dekadenz, da, anders als ein Individuum ohne große Probleme introvertiert sein kann, dies ein ganzes Volk nicht sein kann, ohne dabei den wahren Begriff von Welt und Leben zu verlieren, also den konkreten Begriff von diesen, woraus sich, wie man sehen kann, Nichtanpassung und Dekadenz ergeben. AM, S. 229

*

Eine Meinung haben ist geschmacklos, auch wenn sie nicht aufrichtig ist.

Alle Aufrichtigkeit ist Intoleranz. Es gibt keine aufrichtigen Liberalen. Ganz davon abgesehen, daß es keine Liberalen gibt. BdU, S. 275

*

Das Außergewöhnlichste an all diesen Leuten war ihre in jeder Hinsicht vollkommene Bedeutungslosigkeit. Einige schrieben für die wichtigsten Zeitungen und schafften es, nicht zu existieren; andere bekleideten öffentliche Ämter, standen in den Jahrbüchern an oberster Stelle und schafften es, im Leben nichts darzustellen; andere waren sogar anerkannte Dichter, doch ihre dümmlichen Gesichter erbleichten unter ein und demselben aschgrauen Staub, und sie nahmen sich allesamt aus wie ein Grabmal starrer Mumien, aufrecht, mit einer Hand auf der Schulter, in der Haltung von Lebenden.(...)

Manche siegen in der Liebe, andere in der Politik und wieder andere in der Kunst. Erstere haben den Vorteil, etwas erzählen zu können, weil man in der Liebe auf der ganzen Linie siegen kann, ohne über das, was wirklich geschieht, sonderlich Bescheid zu wissen. Freilich überkommt uns, wenn eines dieser Individuen seine sexuellen Marathonläufe zum besten gibt, im Augenblick der siebenten Entjungferung ein undeutliches Mißtrauen. Die Liebhaber adliger oder prominenter Damen (und dies betrifft nahezu alle) haben einen derartigen Verschleiß an Gräfinnen, daß eine Statistik ihrer Eroberungen selbst die Tugend und Schicklichkeit der Urgroßmütter unserer heutigen Titelträgerinnen nicht unberührt ließe.

Andere sind auf körperliche Auseinandersetzungen spezialisiert und haben alle Boxmeister Europas während einer nächtlichen Lustbarkeit an einer Straßenecke des Chiado zusammengeschlagen. Einige haben Einfluß auf alle Minister aller Ministerien, sie sind am wenigsten zweifelhaft, da man ihnen ohne weiteres glaubt.

Einige sind große Sadisten, andere große Päderasten, wieder andere bekennen traurig, aber lauthals, daß sie brutal gegen Frauen sind. Sie treiben sie vorwärts mit Peitschenhieben auf den Wegen des Lebens. Und dann zahlen sie nicht einmal ihren Kaffee.

Manche sind Dichter, manche sind [...]

Ich kenne kein besseres Mittel gegen diese Ansammlung von Schatten als die unmittelbare Kenntnis des menschlichen Alltagslebens, zum Beispiel in der Realität des Handels, wie sie sich in meinem Büro in der Rua dos Douradores darbietet. Mit welcher Erleichterung bin ich aus diesem Irrenhaus von Marionetten in die wirkliche Gegenwart meines Vorgesetzten Moreira zurückgekehrt, eines echten, kompetenten Buchhalters, der, schlecht gekleidet und schlecht behandelt, dennoch ist, was keiner der anderen zu sein vermochte: ein Mensch... BdU, S. 275

*

Die Toten bleiben begraben. Die Verluste bleiben verloren. BdU, S. 278

*

Ich schreibe meine Tragödie mir selbst zu. Ich leide unter ihr, doch von Angesicht zu Angesicht, ohne Metaphysik und ohne Soziologie. Ich bekenne mich als vom Leben besiegt, aber nicht als vom Leben geschlagen.

BvT, S. 53

*

In der Arena, in die Cäsar uns warf, damit wir uns bekämpfen, verliert, wer stirbt, und siegt, wer tötet.

BvT, S. 53

*

Wenn Besiegter ist, wer stirbt, und Sieger, wer tötet, dann mache ich mich, mich besiegt bekennend, zum Sieger. BvT, S. 54

*

Dieser Tag wird auf mir lasten wie ein Nicht-Verstehen. Ich weiß, alles, was ich heute tun werde, wird bestimmt sein, nicht von der Müdigkeit durch den Schlaf, den ich nicht fand, sondern von der Schlaflosigkeit, die mich quälte. Ich weiß, ich werde mein Schlafwandlertum heute noch ausgeprägter, noch hautnaher leben, nicht nur, weil ich nicht geschlafen habe, sondern weil ich nicht schlafen konnte. BdU, S. 281

*

Wünsche wenig und du bekommst alles.
Wünsche nichts und du bist frei. RR, S. 173

*

Freiheit ist die Möglichkeit zur Isolation. Du bist frei, wenn du dich von den Menschen fernhalten kannst und nichts dich zwingt, ihre Nähe zu suchen, weder Geld noch Herdentrieb, weder Liebe, Ruhm noch Neugier, die in Stille und Einsamkeit keine Nahrung finden können. Ist es dir unmöglich, allein zu leben, bist du zum Sklaven geboren. Du kannst alle Geistes- und Seelengröße besitzen und bist doch Sklave, ein nobler und kluger vielleicht, aber kein freier Mensch. Sieh dies nicht als deine Tragödie an, deine Geburt ist allein die Tragödie des Schicksals. Doch wehe dir, wenn das Leben dich so knechtet, daß du gezwungen bist, Sklave zu sein. Wehe dir, wenn die Not dich, obwohl frei geboren und fähig, dir zu genügen und allein zu sein, zum Leben mit anderen zwingt. Das, ja, das ist deine Tragödie, und sie folgt dir auf Schritt und Tritt. (...)

Müde schließe ich die Fensterläden, schließe die Welt aus und bin für einen Augenblick frei. Morgen werde ich wieder Sklave sein; jetzt aber, allein, niemanden benötigend, nur fürchtend, eine fremde Stimme oder Gegenwart könne mich stören, erlebe ich meine kleine Freiheit, meine Augenblicke »in excelsis«.

Zurückgelehnt auf meinem Stuhl, vergesse ich das Leben, das mich knechtet. Es schmerzt mich nicht mehr, nur noch, daß es mich geschmerzt hat. BdU, S. 281

*

Um Vollkommenheit zu erreichen, bedürfte es einer Kälte, die nicht menschlich ist, mit ihr aber würde das menschliche Herz erfrieren, das die Vollkommenheit lieben könnte.

Andächtig bewundern wir das Streben großer Künstler nach Vollkommenheit. Wir lieben dieses sich Annähern ans Vollkommene, insbesondere aber, weil es nur ein Annähern ist. BdU, S. 285

*

Wer für eine große Sache kämpft, kann besiegt werden, ohne daß dabei die Sache abgewertet wird. Was ist der Tod in der Verteidigung der Götter, man stirbt nur dafür, damit sie weiterleben können.

Das Schlimmste, was uns passieren kann, ist, wenn unsere Worte ohne ein Echo verbleiben und unsere Namen im Vergessen untergehen, aus dem bisher niemand wieder auftaucht. Wenn nichts passiert, das Übel wäre gering. Die Niederlage wäre, nicht den Sieg erlangt zu haben. AM, S. 327

Gestern noch ein Kind, das sich über den Brunnen beugte,
Sah ich mit Freuden mein Gesicht weit unten im Wasser.
Heute ein erwachsener Mann sehe ich mein Gesicht im tiefen Wasser der Welt.
Und wenn ich lache, dann nur, weil ich vormals
Jenes Kind war, das mit Freuden sein Gesicht auf dem Grund des Brunnens sah. AdC

*

Wie tragisch, nicht an die menschliche Fähigkeit zur Vervollkommnung zu glauben!
– Und wie tragisch, an sie zu glauben! BdU, S. 286

*

Alles Handeln, sei es im Krieg, sei es im Denken, ist falsch; und jeder Verzicht ist ebenso falsch. Wüßte ich doch, wie man weder handelt noch auf das Handeln verzichtet! Dies wäre die Traumkrone meines Ruhmes, das Schweigezepter meiner Größe. BdU, S. 289

*

Um groß zu sein, sei ganz: verstelle
Und verleugne nichts, was dein.
Sei ganz in allem. Und leg dein ganzes Sein
In dein geringstes Tun. RR, S. 43

*

Die Käufer unnützer Dinge sind klüger, als sie meinen – sie kaufen kleine Träume. Beim Kaufen sind sie Kinder. Wenn Leute mit Geld dem Charme all dieser kleinen, nutzlosen Gegenstände erliegen, nehmen sie so glücklich von ihnen Besitz wie ein Kind, das Muscheln am Strand sammelt – ein Bild, das mehr als jedes andere das ganze kindliche Glück widerspiegelt. Muscheln am Strand auflesen! Nie sind zwei gleich für ein Kind! Es schläft mit den beiden schönsten ein in der Hand, und wenn es sie verliert oder man sie ihm wegnimmt – was für ein Verbrechen! ihm Sichtbares seiner Seele zu nehmen! Hand an seinen Traum zu legen! –, weint es wie ein Gott, dem man sein eben geschaffenes Universum wegnimmt. BdU, S. 291

*

Zum Teufel, ich hab sie satt, die Halb-Götter!
Wo auf dieser Welt sind die Menschen? AdC

*

Heute bin ich ratlos wie einer, der nachdachte und fand und vergaß. AdC

*

Der eine liest, um zu lernen, vergeblich. Ein anderer genießt, um zu leben, ebenfalls vergeblich.

Ich fahre in der Straßenbahn und beobachte, wie es meine Art ist, geruhsam und in allen Einzelheiten, die Personen, die ich vor Augen habe. Für mich sind diese

Einzelheiten Dinge, Stimmen, Sätze. Das Kleid des jungen Mädchens vor mir betrachte ich unter verschiedenen Gesichtspunkten: dem Stoff, aus dem es gefertigt ist, und der Arbeit, die es erforderte – denn ich sehe es als Kleid und nicht als Stoff –, und in der feinen Stickerei, die den Halskragen säumt, sehe ich wiederum die Seidenfäden, mit denen man sie anfertigte, und die Arbeit, die diese Stickerei kostete. Und unvermittelt wie in einem Lehrbuch für Volkswirtschaft erstehen vor mir die Fabriken und die Arbeitsleistungen – die Fabrik, in der der Stoff hergestellt wurde; die Fabrik, in der die dunkleren Seidenfäden gewebt wurden, die den Stoff mit kleinen verdrehten Dingen verzieren, wo er den Hals umschließt; und ich sehe die einzelnen Abteilungen der Fabriken, die Maschinen, die Arbeiter, die Näherinnen, mein nach innen gekehrter Blick dringt in die Büros, ich sehe die Geschäftsführer, um Gelassenheit bemüht, und verfolge in den Hauptbüchern die Buchhaltung des Ganzen; doch nicht nur das: Ich habe darüber hinaus das häusliche Leben der Menschen vor Augen, deren soziales Leben sich in diesen Fabriken und Büros abspielt ... Die ganze Welt bietet sich mir dar, nur weil ich vor mir um einen braunen Hals, mit einem mir unbekannten Gesicht auf der anderen Seite, eine regelmäßig unregelmäßige dunkelgrüne Bordüre auf dem Hellgrün eines Kleides wahrgenommen habe.

Das ganze soziale Leben liegt vor meinen Augen.

Darüber hinaus ahne ich die Lieben, die Sekrete *[sic]* und Seelen all derer, die dafür gearbeitet haben, daß diese Frau, die vor mir in der Elektrischen sitzt, um ihren sterblichen Hals die verschlungene Banalität eines dunkelgrünen Seidenzwirns auf einem weniger dunkelgrünen Stoff tragen kann.

Mich schwindelt. Die Bänke der Elektrischen, aus einem kräftigen, engmaschigen Strohgeflecht, befördern mich in ferne Regionen, vervielfältigen sich zu Industrien, Arbeitern, Arbeiterwohnungen, Lebensläufen, Wirklichkeiten, zu allem.

Ich steige erschöpft und wie mechanisch aus. Ich habe soeben das ganze Leben gelebt. BdU, S. 292

*

Um erschaffen zu können, habe ich mich zerstört; ich habe mich so sehr in mir selbst veräußerlicht, daß ich nur mehr äußerlich in mir existiere. Ich bin die leere Bühne, auf der verschiedene Schauspieler verschiedene Stücke spielen. BdU, S. 294

*

Lassen wir uns niemals herab, Reden zu halten, andernfalls könnte man glauben, wir hätten Meinungen oder ließen uns herab, mit dem Publikum zu reden. Wenn es sich interessiert, soll es uns lesen.

Überdies ähnelt der Redner dem Schauspieler: ein Lakai der Kunst, den jeder ernsthafte Künstler verachtet. BdU, S. 295

*

Der Glaube ist der Instinkt allen Handelns. BdU, S. 298

*

In unserer Zeit, wo man so begierig mit allem Kunst treibt, entreißt alles dem Bewußten Blütenblätter und ergeht sich [...] in ekstatischer Plänkelei. BdU, S. 303

*

Meine Seele ist ein verborgenes Orchester; ich weiß nicht, welche Instrumente, Geigen und Harfen, Pauken und Trommeln es in mir spielen und dröhnen läßt. Ich kenne mich nur als Symphonie.(...)

Alles Vergnügen ist Laster, denn Vergnügen suchen alle im Leben, und das einzig wirklich verwerfliche Laster ist, zu tun, was alle tun. BdU, S. 303

*

Die Hygiene rät uns die Beherrschung und die Mäßigung der Freuden und Lüste des Lebens an. AM, S. 199

*

In jenen Zeiten war das Leben überlegen glücklich und überlegen groß, weil es überlegen das Leben war.

AM, S. 220

*

Zeit vergeuden hat etwas Ästhetisches. Für all jene, die Empfindungen kultivieren, gibt es ein Handbuch der Trägheit mit Anleitungen zu Luziditäten aller Art.

BdU, S. 307

Wir alle haben eine verachtenswerte Seite. Jeder von uns trägt ein Verbrechen in sich – ein schon begangenes oder eines, das seine Seele ihm abverlangt. BdU, S. 308

*

So manch literarische Gestalt, so manch bildliche Darstellung steht mir näher, ist mir verwandter und vertrauter als viele der sogenannten wirklichen Menschen mit ihrer metaphysischen, Fleisch und Blut genannten Nutzlosigkeit. Und dieses »Fleisch und Blut« beschreibt sie in der Tat bestens: Sie wirken wie Fleischstücke in der marmornen Auslage einer Metzgerei, tote Leben, blutend wie lebendige, Koteletts und Keulen des Schicksals. BdU, S. 308

*

... Schiffe, die in der Nacht vorüberziehen und sich weder grüßen noch kennen. BdU, S. 310

*

Die wunderbaren Zufallsbegegnungen
Derer, die sich immer fremd bleiben... AdC

*

Der eine achtlose, zufällig erhaschte Blick
Der eiligen Fremden... AdC

*

Die während einer Zufallsreise
Mit dem zufällig Mitreisenden
Zufällig gewechselten Worte ... AdC

*

Der Fluß meines Lebens endete in einem inneren Meer. Rings um mein geträumtes Landgut waren alle Bäume herbstlich. Diese kreisrunde Landschaft ist die Dornenkrone meiner Seele. Die glücklichsten Augenblicke meines Lebens waren Träume, traurige Träume, und ich sah mich in ihren Seen wie ein blinder Narziß, der sich der nahen Frische des Wassers erfreute und seines Spiegelbildes, von einer nächtlichen Vision seinen abstrakten Emotionen zugeraunt und in der geheimsten Phantasie mütterlich über alles geliebt. BdU, S. 311

*

Eine Gelegenheit ist wie Geld, das wiederum auch nur eine Gelegenheit ist. (...) BdU, S. 314

*

Handeln ist ein Auswuchs des Denkens, ein Krebsgeschwür der Einbildungskraft. Handeln heißt sich trennen. Alles Handeln ist unvollständig und unvollkommen. Solange ich ein Gedicht nur träume und nicht versuche, es zu Papier zu bringen, ist es vollkommen. So steht es bereits im Mythos Jesu geschrieben; die Menschwerdung Gottes konnte nur im Martyrium enden. Der höchste Träumer hat das höchste Martyrium zum Sohn.

Die löchrigen Schatten der Blätter, der zaghafte Gesang der Vögel, die langen Arme der Flüsse, ihr kühles Glitzern in der Sonne, das Grün, der Mohn und die Einfachheit der Empfindungen – und während ich all dies empfinde, sehne ich mich danach, als empfände ich es nicht, während ich es empfinde.

Wie ein Karren in der Abenddämmerung kehren die Stunden knarrend durch die Schatten meiner Gedanken zurück. Wenn ich aufschaue von meinem Denken, brennen mir die Augen vom Schauspiel der Welt.

Wer einen Traum verwirklichen will, muß ihn vergessen, ihm die Aufmerksamkeit entziehen. Daher heißt verwirklichen nicht verwirklichen. Das Leben ist voller Paradoxe wie die Rosen voller Dornen. (...)

Eine Marter, das Schicksal! Vielleicht sterbe ich morgen! Vielleicht widerfährt meiner Seele heute Schreckliches!... Mitunter, wenn ich daran denke, erfaßt mich Angst vor dieser höchsten Tyrannei, die uns zwingt, voranzuschreiten, nicht wissend, wohin unsere ungewissen Wege führen. BdU, S. 314

*

Für einen sich zwischen dem Durcheinander und der Zerfahrenheit des zeitgenössischen Lebens exiliert fühlenden Geist gibt es Momente, in denen sich das Gewicht dieser Differenz so schmerzhaft akzentuiert, daß irgendein Rückgriff auf die antike Gelassenheit und Größe notwendig wird, um dem zu widerstehen, was sich aus den schlimmsten Auswüchsen der Verzweiflung ergibt. AM, S. 169

*

In der großen Klarheit dieses Tages ist auch die Ruhe der Geräusche golden. In allem Geschehen liegt Milde. Sagte man mir, es herrsche Krieg, sagte ich, nein, unmöglich. An einem solchen Tag kann nichts geschehen, das die Milde alles Geschehenden mindert. BdU, S. 318

*

Meine Phantasie ist ein Triumphbogen.
Das ganze Leben zieht durch ihn hindurch. AdC

*

Keines Künstlers Werk, das nicht noch vollkommener hätte sein können. Vers für Vers gelesen, weist auch das größte Gedicht Verse auf, die noch besser, Passagen, die noch eindringlicher sein könnten, und niemals ist es als Ganzes so vollkommen, daß es nicht noch vollkommener hätte sein können.

Wehe dem Künstler, der dies bemerkt!, der sich eines Tages dessen bewußt wird! Seine Arbeit ist ihm nie mehr Freude, sein Schlaf nie mehr Ruhe. Er ist jung, ohne jung zu sein, wird unzufrieden alt. BdU, S. 318

Warum ist Kunst schön? Weil sie ohne Zweck ist. Warum ist Leben häßlich? Weil es ganz Ziel, Zweck und Absicht ist. All seine Wege führen uns von einem Punkt zum andern. Gäbe es doch einen Weg, der an einem Ort beginnt, von dem niemand aufbricht, und zu einem Ort führt, wohin niemand geht! BdU, S. 320

*

Ein Tag (Zickzack)

Keine Haremsdame gewesen zu sein! Wie leid ich mir tue, daß mir solches nicht widerfahren ist! (...)

Letztlich bleibt vom Heute, was vom Gestern blieb und vom Morgen bleiben wird: das unstillbare, grenzenlose Verlangen, allzeit derselbe und zugleich ein anderer zu sein. BdU, S. 331

*

Das verwerflichste aller Bedürfnisse: die vertrauliche Mitteilung, das Bekenntnis. Das Bedürfnis der Seele, sich zu äußern. BdU, S. 335

*

Ich brauche Wahrheit und Aspirin. AdC

*

Ich habe den Tag ermüdet mit der Hoffnung, Schlaf zu finden nachts. AdC

Ich weiß nicht, was Zeit ist. Ich kenne ihr wirkliches Maß nicht, falls sie denn eines hat. Ich weiß, die Uhrzeit ist falsch: sie mißt die Zeit in Räumen, von außen. Die empfundene Zeit ist falsch: sie mißt nicht die Zeit, sondern unser Empfinden von ihr. Und ich weiß, auch die geträumte Zeit ist falsch, denn in unseren Träumen streifen wir die Zeit einmal länger und einmal kürzer, und was wir in dieser Zeit erleben, geschieht schnell oder langsam, je nach ihrem Verlauf, dessen Beschaffenheit sich mir entzieht. BdU, S. 336

*

Die Hitze fühlt sich an wie ein Kleidungsstück, das man ablegen möchte. BdU, S. 340

*

Der achtsame Blick des Kindes an der Hand
Seiner gedankenverlorenen Mutter... AdC

*

Ich fühlte mich bereits unruhig. Der Atem der Stille hatte unversehens ausgesetzt.

Da zerbarst jäh ein endloser Tag wie Stahl. Ich duckte mich wie ein Tier über den Tisch, die Hände flach wie nutzlose Krallen auf der glatten Platte. Seelenloses Licht war in Ecken und Seelen gedrungen, lautes Berggrollen war aus nahen Höhen herabgestürzt und hatte mit einem Schrei den dichten Schleier über dem Abgrund zerrissen. Mein Herz stand still. Meine Kehle pochte. Mein Bewußtsein sah nur einen Tintenfleck auf einem Blatt Papier. BdU, S. 340

*

Was habe ich gemacht aus dem Leben?
Was habe ich gemacht aus dem, was ich machen wollte aus dem Leben?
Was habe ich gemacht aus dem, was ich hätte machen können aus dem Leben? AdC

*

Es ist eine Lebensregel, daß wir von allen Menschen lernen können und sollten. Es gibt ernsthafte Dinge des Lebens, die wir von Scharlatanen und Gaunern lernen können, es gibt philosophische Einsichten, die uns Narren verschaffen, es gibt Lektionen in Standhaftigkeit und Gerechtigkeit, die uns der Zufall lehrt und die Früchte des Zufalls sind. Alles findet sich in allem. (...)

Mein stiller Spaziergang ist ein beständiges Gespräch, und wir alle, Menschen, Häuser, Steine, Plakate und Himmel, sind eine große freundschaftliche Menge, die sich mit Worten anrempelt in der großen Prozession des Schicksals. BdU, S. 341

*

Der Wert der Kunst besteht darin, daß sie uns aus dem Hier holt. BdU, S. 345

... die japanische Opulenz der sichtbaren Beschränkung auf nur zwei Dimensionen. BdU, S. 349

*

Natur ist, wo wir nicht sind. Dort, nur dort gibt es wirklichen Schatten und wirkliche Bäume.

Das Leben ist ein Zögern zwischen Ausruf und Frage. Im Zweifel gibt es einen Schlußpunkt.

Das Wunder ist Gottes Faulheit oder vielmehr die Faulheit, die wir Ihm zuschreiben, indem wir das Wunder erfinden.

Die Götter sind die Inkarnation dessen, was wir niemals sein können.

Das Müdesein aller Hypothesen ... BdU, S. 357

*

Das Geheimnis im Unterbewußten des normalen Menschen: eigennützig das Romantische der Dinge leben und romantisch das Niedere des Lebens. BvT, S. 38

*

Denken, Fühlen, Wollen werden zu einer einzigen verworrenen Sache. Glaubensüberzeugungen, Empfindungen, geträumte und wirkliche Dinge geraten zu einem heillosen Durcheinander, wie die Inhalte auf den Böden geleerter Schubladen. BdU, S. 358

Die Klassifikatoren von Dingen, also jene Wissenschaftler, deren Wissenschaft nur im Klassifizieren besteht, wissen im allgemeinen nicht, daß das Klassifizierbare unendlich ist und also nicht klassifiziert werden kann. Was mich dabei aber in Erstaunen versetzt, ist, daß sie die Existenz von klassifizierbaren Unbekannten außer acht lassen, Vorgänge der Seele und des Bewußtseins, die in den Zwischenräumen der Erkenntnis geschehen.

Weil ich vielleicht zuviel denke oder träume, mache ich keinen Unterschied zwischen der Realität, die existiert, und dem Traum, der Realität, die nicht existiert. Und so schiebe ich in meine Betrachtungen über Himmel und Erde Dinge ein, die nicht in der Sonne glitzern oder mit Händen zu greifen sind – schwer faßbare Wunder der Einbildungskraft. BdU, S. 359

*

Ich habe eine Zeit meines Lebens bewußtlos verbracht. Ich kehre zu mir zurück ohne die Erinnerung an das, was ich gewesen bin, und die Erinnerung an das, was ich war, leidet unter diesem Bruch. Ich habe die vage Vorstellung eines Zeitraums im Unbekannten, ein Teil meiner Erinnerung versucht vergeblich, den anderen wiederfinden zu wollen. Ich bin außerstande, erneut an mich anzuknüpfen. Falls ich gelebt haben sollte, habe ich vergessen, es wahrzunehmen. BdU, S. 361

*

Skrupel sind der Tod allen Handelns. BvT, S. 37

Lehre nichts, denn du hast noch alles zu lernen.

BvT, S. 38

*

Nur wer über mehr Willen als Intelligenz verfügt oder über mehr Impulsivität als Verstand, kann teilhaben am wirklichen Leben der Welt. BvT, S. 46

*

Niemand hat bisher den Überdruß in einer für jene, die ihn nicht kennen, verständlichen Sprache beschrieben. Für die einen ist Überdruß nichts anderes als Langeweile, für die anderen schlichtes Unbehagen, und wieder andere betrachten ihn als ein Müdesein. Doch auch wenn Überdruß mit Ermüdung, Unbehagen und Langeweile zu tun hat, hat er mit ihnen nur soviel zu tun wie Wasser mit Wasser- und Sauerstoff, aus denen es sich zusammensetzt. Es schließt sie ein und bleibt doch es selbst.

Während einige eine beschränkte und unvollständige Vorstellung vom Überdruß haben, messen ihm andere wiederum eine Bedeutung bei, die in gewisser Weise über ihn hinausgeht – so als bezeichne man die tiefinnere und geistige Abneigung gegen die Vielfalt und Ungewißheit der Welt als Überdruß. Was uns gähnen macht, ist Langeweile; was uns zappelig werden läßt, ist Unbehagen; was uns den Elan nimmt, ist Ermüdung – nichts von alledem ist Überdruß; aber er ist auch nicht das tiefe Empfinden von der Leere der Dinge, durch das sich das gescheiterte Bestreben befreit, das enttäuschte Begehren erhebt und in der Seele der Samen keimt, aus dem der Mystiker oder der Heilige erwächst.

BdU, S. 362

*

Wir haben heute in uns nicht mehr die Macht geistiger Methoden, mit denen das Heidentum verstanden werden könnte. Der Glaube an die Götter ist von einer vollkommen unterschiedlichen Art als der christliche Glaube. Es handelt sich nicht um eine andere Form des Glaubens: Es ist eine völlig andere Art. Im Gegensatz zu einer häufigen Annahme ist es kein weniger intensiver Glaube; auf seine Weise ist er sogar stärker. Es ist ein Glaube, der uns dichter umschnürt, den wir jeden Moment präsent hab en, da die Götter und die quasigöttlichen Wesen in allen sichtbaren Dingen wohnen, sich nicht hinter ihnen verstecken. AM, S. 177

*

Ich bin an jenen Punkt gelangt, an dem der Überdruß Person geworden ist, die fiktive Verkörperung meines Seins mit mir. BdU, S. 364

*

Wenn alle dem Tod wenig Bedeutung beimessen, und es ihnen
Nicht einmal leidend gelingt, sich wirklich ins Leid zu vertiefen,

Dann, weil das Leben nicht an den Tod glaubt, und der Tod nichts ist. AdC

*

Mit der Außenwelt verhält es sich wie mit einem Schauspieler auf der Bühne: Er ist etwas anderes, als er darstellt. BdU, S. 364

*

... und alles ist eine unheilbare Krankheit.

Die Faulheit zu fühlen, der Verdruß über das zwanghafte Unvermögen, nichts zu tun, die Unfähigkeit zu handeln, wie ein [...] BdU, S. 365

*

Und was fühlte man? Die Unmöglichkeit, etwas zu fühlen, das Herz war gebrochen vom Verstand, verworren die Gefühle (...). BdU, S. 366

*

Die Empfänglichkeit der Sinne Literatur werden lassen und Emotionen, wenn sie bisweilen kläglich zutage treten, in sichtbare Materie verwandeln und daraus funkelnd fließende Wortskulpturen schaffen. BdU, S. 369

*

»Schöpfer von Gleichgültigkeiten« ist die Devise, die ich mir heute für meine Geisteshaltung wünsche. Ich wünschte, ich könnte mit meinem Tun im Leben andere insbesondere dahin gehend beeinflussen, mehr und mehr für sich selbst zu empfinden und weniger und weniger gemäß dem dynamischen Gesetz des Kollektivs... Ihnen jene geistige Asepsis vermitteln, dank derer sie immun bleiben gegen das Gewöhnliche, scheint mir die höchste Bestimmung zu sein für den Pädagogen innerer Disziplin, der ich gerne wäre. Mögen all jene, die mich lesen, lernen – nach und nach, wie es die Sache nahelegt –, angesichts der Meinungen und Blicke anderer nichts zu empfinden, dies wäre eine hinreichende Krönung des scholastischen Stillstands meines Lebens.

BdU, S. 370

*

Uns ist alles verhüllt, ausgenommen dieser kurzen strahlenden Vision des vollkommenen und unvollständigen Universums zwischen einem Schlaf und einem anderen Schlaf. AM, S. 159

*

Abergläubisch sein zu können zählt immer noch zu jenen Künsten, die, werden sie meisterhaft ausgeübt, den höheren Menschen kennzeichnen. BdU, S. 370

*

Existieren heißt verleugnen. Was bin ich heute, ich, der ich heute lebe, wenn nicht die Verleugnung dessen, was ich gestern war, dessen, der ich gestern war? Existieren heißt sich widerrufen. Nichts verkörpert das Leben besser als Zeitungsmeldungen, die heute widerrufen, was die Zeitung gestern verbreitet hat.

Wollen heißt nicht können. Wer konnte, wollte, ehe er konnte, konnte aber erst danach. Wer will, wird niemals können, denn er verliert sich im Wollen. Ich denke, diese Prinzipien sind grundlegend. BdU, S. 372

*

Selbst die nur oberflächlichen Gesetze der Dinge bleiben unerkannt. Wer von uns könnte heutzutage mit einer größeren Logik, mit einer größeren Nützlichkeit eine Lebensregel für sich und andere hervorbringen? Alle wissen, was sie nicht wollen, aber niemand weiß, was er überhaupt will. Und selbst bei dem, was sie nicht wollen, wissen sie nicht, warum sie es nicht wollen, noch (...). Unsere Taten und unsere Gedanken sind nicht mehr einfach, sie wurden aber auch nicht komplex. Sie sind konfus und perplex geworden; sie blieben Skizzen von Handlungen, ausgeräumte Denkweisen. Niemand hat mehr die Energie, einer Idee zu folgen oder einen Weg zu gehen. Unsere Vorsätze kreisen wie Wetterfahnen. Unsere Ideen fallen zu

Boden wie trockene Blätter. Selbst unsere Laster sind traurig und schwach. Sie sind nicht aus einem heißen Exzeß des Lebens heraus geboren, sondern aus dem eines Fiebers, einer Unruhe, die sagt, daß das Leben nicht reicht, ohne aber zu begreifen, was reichen würde.

AM, S. 186

Ob wir wollen oder nicht, wir sind Sklaven der Stunde, ihrer Farben und Formen, Untertanen des Himmels und der Erde. Selbst wer ein eher in sich zurückgezogenes Leben führt und verachtet, was ihn umgibt, lebt bei Regen anders als bei heiterem Himmel. Dunkle Wandlungen, empfunden vielleicht nur im Innersten abstrakter Gefühle, vollziehen sich, weil es regnet oder weil es aufgehört hat zu regnen, werden fühlbar, ohne daß man sie fühlen könnte, denn ohne es eigentlich zu fühlen, war man doch wetterfühlig. BdU, S. 376

*

Und aus dem Fenster gelehnt und den Tag genießend, beherrscht über dem vielfältigen Raum der Stadt nur ein einziger Gedanke meine Seele – der innere Wille zu sterben, zu enden, nicht mehr das Licht über irgendeiner Stadt zu erblicken, nicht zu denken, nicht zu fühlen, den Lauf der Sonne und der Tage wie Einwickelpapier hinter mir zu lassen und wie einen schweren Anzug neben dem großen Bett die unfreiwillige Anstrengung des Seins abzulegen. BdU, S. 378

*

Ich habe nie herausgefunden, ob meine Empfindsamkeit zu groß war für meinen Verstand oder mein Verstand zu groß für meine Empfindsamkeit. Ich kam immer zu spät, ob für die Empfindsamkeit oder den Verstand, weiß ich nicht, vielleicht für beide, oder aber etwas drittes kam zu spät. BdU, S. 380

Eine teure Zigarre mit geschlossenen Augen rauchen – das ist reich sein. BdU, S. 381

*

Die ganze Welt, das ganze Leben ist ein weitläufiges System unbewußter Kräfte, die durch unser individuelles Bewußtsein hindurch wirken. So wie man aus zweierlei Gasen mittels elektrischen Stroms eine Flüssigkeit herstellen kann, kann man auch aus zweierlei Bewußtsein – dem unseres konkreten und dem unseres abstrakten Seins – vermittels des Lebens und der Welt ein höheres Bewußtsein bilden. BdU, S. 385

*

Schmerzhaftes Intervall

Nicht einmal im Stolz finde ich Trost. Worauf sollte ich auch stolz sein, wenn ich nicht mein eigener Schöpfer bin? Selbst wenn ich etwas an mir hätte, dessen ich mich rühmen könnte, wieviel mehr gäbe es, dessen ich mich schämen müßte.

Die Pracht eines schönen Sonnenuntergangs macht mich traurig mit ihrer Schönheit. Bei ihrem Anblick sage ich mir immer: Welche Freude muß ein glücklicher Mensch bei diesem Schauspiel empfinden!

BdU, S. 391

*

Die Freiheit, ja, die Freiheit!
Die wahre Freiheit!
Denken ohne Wünsche, ohne Überzeugungen.
Herr sein seiner selbst, unbeeinflußt von Romanen!

AdC

*

Wir alle, die wir träumen und denken, sind Hilfsbuchhalter in einem Stoffgeschäft oder in irgendeinem anderen Geschäft in irgendeiner Unterstadt. Wir führen Buch und erleiden Verluste; wir zählen zusammen und gehen weiter; wir ziehen Bilanz, und der unsichtbare Saldo spricht immer gegen uns. BdU, S. 399

*

An Edlem hält das Leben für uns einzig das Sehen und Hören bereit. Alle übrigen Sinne sind plebejisch und fleischlich. Einzig das Nie-Berühren ist aristokratisch. Nicht nahe kommen – das zeichnet den Edelmann aus.

BdU, S. 404

*

Ein Aristokrat ist, wer nie vergißt, daß er niemals allein ist; daher sind Etikette und Schicklichkeit Erbteil der aristokratischen Familien. Verinnerlichen wir den Aristokraten. Entreißen wir ihn den Salons und Gärten und versetzen ihn in unsere Seele und das Bewußtsein von unserer Existenz. Seien wir zu uns immer, wie Etikette und Schicklichkeit es verlangen, kontrolliert und das Äußere stets im Auge. BdU, S. 405

Andere haben jemanden, der ganz für sie da ist. Ich hatte nie jemanden, der auch nur im Traum daran gedacht hätte, ganz für mich dazusein. Anderen tut man alles: Mich behandelt man gut. (...)

Bisweilen denke ich, Leid sei für mich eine Lust. Doch in Wahrheit hätte ich es gern anders. BdU, S. 407

*

Hin und wieder herrscht in Lissabon ländliche Ruhe. Manchmal, insbesondere zur Mittagszeit im Sommer, kommt das Land wie ein Windstoß in die lichterfüllte Stadt. Und sogar hier in der Rua dos Douradores schlafen wir dann einen ruhigen Schlaf. BdU, S. 413

*

Von meinem Dorf aus sehe ich, was man auf Erden vom Weltall sehen kann...
Darum ist mein Dorf auch so groß wie irgendein anderes Land,
Denn ich bin so groß wie das, was ich sehe,
Und nicht so groß, wie ich bin...

In den Städten ist das Leben kleiner
Als hier in meinem Haus auf dem Hügel.
In der Stadt versperren die großen Häuser die Aussicht,
Verdecken den Horizont, stoßen unseren Blick weit fort vom Himmel,
Machen uns klein, denn sie nehmen uns, was unser Augen uns geben können,

Und machen uns arm, denn unser einziger Reichtum ist Sehen. AC, S. 27

*

Einst beherrschten wir den physischen Ozean und schufen die universelle Zivilisation; heute beherrschen wir den psychischen Ozean, die Emotion, das mütterliche Temperament, und erschaffen die geistige Zivilisation. BdU, S. 414

*

Auch mein Herz geht in eine Kirche, von der es nicht weiß, wo sie ist; es trägt einen Kindersamtanzug, das Gesicht zart gerötet unter den ersten Eindrücken, lächelnd, und die Augen über seinem zu großen Kragen sind nicht traurig. BdU, S. 415

*

Ich habe keinen Fahrschein für das Leben gelöst,
Ich habe die Tür zur Empfindung verfehlt,
Habe jedes Wollen verloren, jede Gelegenheit verpaßt.
AdC

*

Ja, ich habe mein Leben lang meinen Koffer packen müssen.
Doch blieb ich auch mein Leben lang auf der Ecke meines Hemdenstapels sitzen,
Das Schicksal wiederkäuend wie ein Stier aus dem kein Apis wurde. AdC

Wie viele Höllen, Purgatorien und Paradiese ich in mir trage! – und doch, wer hat mich jemals etwas tun sehen, das dem Leben abträglich wäre... mich, der ich so ruhig, so friedlich bin?

Ich schreibe nicht portugiesisch. Ich schreibe mich.

BdU, S. 418

*

Arme Blumen auf abgezirkelten Beeten.
Man könnte meinen, sie hätten Angst vor der Polizei...
Doch sind sie so gütig und blühen auf die gleiche Weise
Und mit dem gleichen uralten Lächeln,
Wie sie es uneingeschränkt hatten für den ersten Blick des ersten Menschen,
Der sie sprießen sah und leicht berührte,
Um sie auch mit den Fingern zu sehen... AC, S. 71

*

Es gibt ein so subtiles, diffuses inneres Leid, daß sich nicht feststellen läßt, ob es von der Seele oder vom Körper herrührt oder ein Unwohlsein ist, weil man die Nichtigkeit des Lebens spürt, oder aber die schlechte Laune, die aus irgendeinem organischen Abgrund aufsteigt – aus Magen, Leber oder Gehirn. Wie oft trübt sich das normale Bewußtsein meiner selbst durch den aufgewühlten Bodensatz einer unruhigen Stagnation! Wie oft schmerzt es mich, mit einem so unbestimmten Gefühl des Ekels existieren zu müssen, daß ich nicht weiß, ob es Überdruß ist oder ein beginnendes Erbrechen! Wie oft...

Meine Seele ist heute traurig bis in den Körper. Mein ganzes Ich schmerzt mich, Erinnerung, Augen, Arme. Es zieht wie ein Rheumaschmerz in allem, was ich bin. Auch die durchsichtige Klarheit des Tages, ein Himmel, groß, rein und blau, eine stehengebliebene Flut verschwommenen Lichts hat auf mein Wesen keinen Einfluß. Er stimmt mich nicht heiterer, der leichte, frische Hauch – herbstlich und doch an den Sommer erinnernd –, der der Luft Persönlichkeit verleiht. Nichts bedeutet mir etwas. Ich bin traurig, aber meine Traurigkeit ist keine bestimmte, geschweige denn eine unbestimmte. Ich bin traurig draußen, auf der von Kisten verstellten Straße. BdU, S. 423

*

Reisen? Existieren ist reisen genug. BdU, S. 426

*

Modern sind: (1) Spiegel; (2) Kleiderschränke.

Wir haben uns zu bekleideten Geschöpfen entwickelt, an Körper und Seele.

Und da die Seele immer dem Körper entspricht, hat sich die geistige Bekleidung durchgesetzt. Seither sind wesentliche Bereiche unserer Seele bekleidet, und wir selbst – Menschen, Körper – zählen zur Gattung der bekleideten Tiere.

Nicht nur, weil unsere Kleidung ein wesentlicher

Bestandteil von uns geworden ist, sondern auch, weil ihre komplizierte und seltsame Beschaffenheit kaum abgestimmt ist auf die natürliche Eleganz unseres Körpers und seiner Bewegungen.

Bäte man mich, die gesellschaftlichen Gründe für meinen Seelenzustand zu erläutern, würde ich nur stumm auf einen Spiegel deuten, einen Kleiderständer und einen Füllfederhalter. BdU, S. 431

*

Je höher die Sensibilität und je subtiler die Fähigkeit zu fühlen, desto absurder vibriert und erschaudert sie bei den kleinen Dingen. Es bedarf einer ungewöhnlichen Intelligenz, um vor einem dunklen Tag Angst zu empfinden. Die Menschheit, die recht unsensibel ist, verspürt keine Angst vor dem Wetter, denn Wetter ist immer; sie nimmt den Regen nur wahr, wenn er ihr aufs Haupt regnet. BdU, S. 434

*

Nie hatte ich jemanden, den ich hätte »Meister« nennen können. Kein Christus ist für mich gestorben. Kein Buddha hat mir einen Weg gezeigt. Kein Apoll und keine Athene sind mir je in meinen höchsten Träumen erschienen, meine Seele zu erleuchten. BdU, S. 435

*

Ich bin stark verschnupft,
Und alle Welt weiß, wie Verschnupfung

Das gesamte System des Universums verändert,
Sie bringt uns gegen das Leben auf
Und löst bei uns gar einen metaphysischen Niesreiz aus.
Ich hab den Tag mit Schneuzen vertan. AdC

*

Schiff dich ein, auch ohne Gepäck, nach deinem anderen Selbst! AdC

*

Es ist nicht der langsame, milde Tag, bewölkt und lind. Es ist nicht diese schwache, fast nichtige Brise, kaum spürbarer als die stehende Luft. Es ist nicht die namenlose Farbe des hier und da blaßblauen Himmels. Nein, es ist nichts von alledem, weil ich nichts von alledem fühle. Ich sehe, ohne sehen zu wollen, machtlos. Aufmerksam wohne ich einem nicht stattfindenden Schauspiel bei. Nicht Seele spüre ich, nur Ruhe. Die äußeren Dinge, klar und stillstehend, selbst die sich bewegenden, erscheinen mir, wie die Welt Christus erschienen sein muß, als Satan ihn aus der Höhe aller Dinge heraus versuchte. Sie sind nichts, und ich verstehe, warum Christus nicht versucht war. Sie sind nichts, und ich verstehe nicht, warum der so gewitzte alte Satan glaubte, er könne ihn damit versuchen. BdU, S. 437

*

Ein Regentag ist so schön wie ein Sonnentag.
Beide sind Wirklichkeit, jeder auf seine Weise.

AC, S. 117

Ich sah: Natur gibt es nicht,
Natur ist gar nicht vorhanden,
Es gibt Berge, Täler und Ebenen,
Es gibt Bäume, Blumen und Gräser,
Es gibt Flüsse und Steine,
Aber kein Ganzes, zu dem dies alles gehörte,
Eine wirkliche, wahre Gesamtheit
Ist eine Krankheit unserer Ideen.

Die Natur, das sind Teile ohne ein Ganzes. AC, S. 87

*

Hält der Sommer Einzug, werde ich traurig. Eigentlich müßte das strahlende, wenn auch grelle Licht der Sommerstunden einem, der nicht weiß, wer er ist, wohltun. Aber nein, mir tut es nicht wohl. Zu stark ist der Kontrast zwischen dem äußeren, überschäumenden Leben und dem, was ich fühle und denke, ohne fühlen oder denken zu können – Leichnam meiner nie begrabenen Empfindungen.(...) BdU, S. 439

*

Dir, nicht mir, flecht ich die Kränze,
Die frisch und neu auf meine Stirn ich setze.
    Und du, flicht mir die deinen,
    Denn die meinen seh ich nicht.
Wenn auf diesem Leben keine größere Freude lastet
Als uns zu sehen, laß ansehen uns, und sehend
    Uns taub versöhnen
    Das ohne Gründe Taube.

Laß bekränzen uns
Und einig auf das Schicksal trinken,
    Bis des Fährmanns
    Stunde kommt. RR, S. 27

*

Heute erfuhr ich, ein alter Freund, den ich seit langem nicht mehr gesehen habe, an den ich aber offen gestanden immer, wie ich meine, sehnsüchtig denke, sei ins Krankenhaus gekommen, um sich einer Operation zu unterziehen. Das einzige, was ich bei dieser Nachricht klar und deutlich empfand, war der Ärger, daß ich ihn wohl oder übel würde besuchen müssen, samt der ironischen Alternative, dies zu unterlassen und mich schuldig zu fühlen. Das war alles ... (...) BdU, S. 442

*

Wenn eintrat, was ich erwartete, kam es stets unerwartet für mich. BdU, S. 466

*

Am besten beginnt man mit dem Träumen anhand von Büchern. Vor allem Romane sind für den Anfänger hilfreich. Lernen, sich der Lektüre vollkommen hinzugeben, das Leben der Romanfiguren zu teilen – das ist der erste Schritt. Empfinden wir unsere eigene Familie und deren Unglück im Vergleich als langweilig und abstoßend, ist dies ein Zeichen, daß wir auf dem rechten Weg sind.

Zu meiden sind literarische Romane, bei denen sich unser Augenmerk auf die Struktur richtet. Ich schäme mich nicht einzugestehen, daß ich so und nicht anders begonnen habe. Es mag seltsam klingen, aber ich habe ganz intuitiv zu Kriminalromanen gegriffen. Für Liebesromane konnte ich mich nie recht erwärmen. Aber das hat persönliche Gründe; ich gehöre nicht zu den Liebenden, nicht einmal im Traum. Und jeder sollte seinem Wesen entsprechend träumen. Vergessen wir nie, daß träumen ein Sich-Suchen ist. Ein sinnlicher Mensch allerdings sollte das Gegenteil dessen lesen, was ich gelesen habe. BdU, S. 479

*

Maximen

Feste, eindeutige Meinungen, Instinkte, Leidenschaften und einen zuverlässigen, erkennbaren Charakter haben – all dies macht aus unserer Seele schrecklicherweise etwas Reales, Materielles und Äußerliches. Ein wohliger, fließender Zustand der Unkenntnis aller Dinge und der eigenen Person ist der einzige Zustand, in dem es sich für einen Wissenden angemessen und herzerwärmend leben läßt.

Wer sich fortwährend zwischen sich selbst und die Dinge zu stellen vermag, hat die höchste Stufe der Weisheit und Umsicht erreicht.

Unsere Persönlichkeit sollte unergründbar sein, auch für uns selbst. Träumen wir also und beziehen uns ein in unsere Träume, damit wir uns keine Meinung über uns selbst bilden können.

Insbesondere aber sollten wir unsere Persönlichkeit vor einer Inbesitznahme durch andere schützen. Jedes fremde Interesse an uns ist eine beispiellose Taktlosigkeit. Wäre der banale Gruß »Wie geht es Ihnen?« für gewöhnlich nicht durch und durch unaufrichtig und hohl, wäre er unverzeihlich und geschmacklos.

Lieben heißt der Einsamkeit müde sein, mit anderen Worten, Liebe ist Feigheit, Verrat an uns selbst. (...)

Einen guten Rat geben heißt, der Fähigkeit zum Irrtum hohnsprechen, die Gott anderen gegeben hat. Im übrigen sollten wir einen Vorteil darin sehen, daß die anderen anders handeln als wir. Es ist nur sinnvoll, andere um Rat zu fragen, um – indem wir genau entgegengesetzt handeln – sicher zu sein, daß wir ganz wir selbst sind, in völligem Mißklang mit allem Anderssein.

Der einzige Vorteil des Lernens liegt in der Freude über all das von anderen nicht Gesagte.

Kunst ist Einsamkeit. Jeder Künstler sollte versuchen, anderen zur Einsamkeit zu verhelfen, in ihren Seelen den Wunsch nach Alleinsein zu wecken. Der höchste Triumph für einen Dichter ist, wenn die Leser seine Werke lieber besitzen als lesen. Solches widerfährt berühmten Dichtern zwar nicht zwangsläufig, doch ist es der höchste Tribut [...]

Klar sehen heißt uneins sein mit sich selbst. Der richtige Geisteszustand für die nach innen gerichtete Beobachtung ist der [...], den man beim Beobachten der eigenen Nerven und Unschlüssigkeiten empfindet.

Die einzige eines überlegenen Menschen würdige Geisteshaltung ist ein ruhiges, kaltes Mitgefühl für alles, was nicht er selbst ist. Zwar ist diese Haltung nicht im geringsten berechtigt und richtig, doch immerhin so beneidenswert, daß man sie unbedingt einnehmen sollte.

BdU, S. 487

*

Ich bin eine extrem aufnahmefähige photographische Platte. Alle Einzelheiten graben sich mir im Verhältnis zum Ganzen unproportional deutlich ein. Ich beschäftige mich ausschließlich mit mir. Die Außenwelt ist für mich reine Wahrnehmung. Nie vergesse ich, daß ich wahrnehme.

BdU, S. 490

*

Bekränzt mit Rosen mich
Bekränzt wahrhaftig mich
    Mit Rosen –
Rosen, die verblassen
Auf einer Stirn verblassend
    So früh!
Bekränzt mit Rosen mich
Und flüchtigem Blattwerk.
    Mehr nicht.

RR, S. 21

Lassen wir ab von der Hoffnung, denn sie trügt; von der Liebe, denn sie ermüdet; vom Leben, denn es nährt, aber sättigt nicht; und selbst vom Tod, denn er bringt mehr als gewollt und weniger als erhofft. BdU, S. 497

*

Die Byzantiner, die ihre Zeit damit vergeudeten, Pünktchen in der Grammatik zu üben, die Scholastiker, die sich in absurden Feinheiten erschöpften, unterscheiden sich in der Dummheit und Sterilität ihrer Bemühungen in nichts von den modernen Männern, die fernab von jedem Sinn für die Realität und für das Leben in aller Gewissenhaftigkeit soziale Systeme, ökonomische Doktrinen und Probleme von Pseudoregierungen diskutieren. Was war denn Karl Marx anderes als ein Byzantiner? Was ist denn die gesamte moderne Agitation der Soziologie anderes als eine Scholastik im Sozialen? AM, S. 271

*

Für jeden wissenschaftlichen Geist bedeutet, in einer Sache mehr zu sehen, als in ihr ist, sie weniger zu sehen. Was man ihr materiell hinzufügt, verringert sie geistig.

Mein Widerwille gegen Museen ist wohl auf diese seelische Beschaffenheit zurückzuführen. Das Leben ist das einzig akzeptable Museum für mich, in ihm sind die Bilder immer stimmig, Unstimmigkeit kann es nur in der Unzulänglichkeit des Betrachters geben. Doch versuche ich diese Unzulänglichkeit auf ein Mindestmaß zu reduzieren, und sofern ich dazu nicht in der Lage bin, begnüge ich mich damit, daß dem so ist, denn es ist wie alles nun einmal nicht zu ändern. BdU, S. 507

*

Wir sind Kräfte, weil wir Leben sind. Jeden von uns zieht es zu sich selbst, mit Zwischenaufenthalten bei anderen. (...) BdU, S. 509

*

Liebe verlangt nach Besitz, weiß aber nicht, was Besitz ist. Wenn ich nicht mein bin, wie kann ich dann dein sein oder du mein? Wenn ich mein eigenes Wesen nicht besitze, wie kann ich dann in fremdes Wesen besitzen? Wenn ich mich bereits von dem unterscheide, mit dem ich übereinstimme, wie kann ich da mit dem übereinstimmen, von dem ich mich unterscheide?

Die Liebe ist ein Mystizismus, der in die Tat umgesetzt werden möchte, eine Unmöglichkeit, die unsere Träume möglich zu machen versuchen.

Ich ein Metaphysiker? Das ganze Leben ist eine Metaphysik im Dunkel, mit Göttergeraune und dem unbekannten Weg als einzigen Weg. BdU, S. 510

*

In dieser Dämmerung geistiger Disziplinen, in der aller Glaube stirbt und die Kulte verstauben, sind unsere Wahrnehmungen die einzige Wirklichkeit, die uns bleibt. Der einzige Zweifel, der uns beschäftigt, das einzige Wissen, das uns genügt, beruht auf unserer Wahrnehmung.

(...)

Mein Leben ist ein anhaltendes Fieber, ein nicht zu stillender Durst. Das wirkliche Leben setzt mir zu wie ein heißer Tag. Und es tut dies auf eine fast niederträchtige Weise. BdU, S. 511

*

Große Kümmernis, da alles Stückwerk ist...
Weg ohne Ende... AdC

Zu diesem Buch

Die *Sätze, Reflexionen, Verse und Prosastücke* wurden als Lesebissen ausgewählt aus den im Ammann Verlag vorliegenden Bänden der Werkausgabe Fernando Pessoas, neu herausgegeben und aus dem Portugiesischen übersetzt von Inés Koebel. Die Texte von António Mora wurden übersetzt von Steffen Dix, der diesen Band im Rahmen der Werkausgabe auch herausgegeben und aus dem Portgiesischen übersetzt hat.

Texte und Siglen: Die Texte wurden ausgewählt aus: Fernando Pessoa, Das Buch der Unruhe des Hilfsbuchhalters Bernardo Soares (BdU); Alberto Caeiro, Poesia – Poesie (AC); Ricardo Reis, Poesia – Poesie (RR); Álvaro de Campos, Poesia – Poesie (AvC); Baron von Teive, Die Erziehung zum Stoiker (BvT); António Mora, Die Rückkehr der Götter (AM).

Am Schluß der einzelnen Texte stehen jeweils die Siglen mit der entsprechenden Seitenangabe in den Bänden der Werkausgabe, so daß die Stellen in diesen leicht gefunden werden können. Ausnahme hiervon sind die Zitate aus dem Band Álvaro de Campos, der zur Zeit der Endredaktion dieses Büchleins im Druck noch nicht vorgelegen hat.

Arthur Schopenhauer im Diogenes Verlag

Der komplette Schopenhauer: Jeder Band bringt den integralen Text in der originalen Orthographie und Interpunktion Schopenhauers; Übersetzungen und seltene Fremdwörter sind in eckigen Klammern eingearbeitet; ein Glossar wissenschaftlicher Fachausdrücke ist als Anhang jeweils dem letzten Band der *Welt als Wille und Vorstellung*, der *Kleineren Schriften* und der *Parerga und Paralipomena* beigegeben. Die Textfassung geht auf die historisch-kritische Gesamtausgabe von Arthur Hübscher zurück; das editorische Material besorgte Angelika Hübscher.

Gesammelte Werke
10 Bände in Kassette
Alle Bände auch als Einzelausgaben erhältlich

Die Welt als Wille und Vorstellung I
in zwei Teilbänden

Die Welt als Wille und Vorstellung II
in zwei Teilbänden

Über die vierfache Wurzel des Satzes vom zureichenden Grunde / Über den Willen in der Natur
Kleinere Schriften I

Die beiden Grundprobleme der Ethik: Über die Freiheit des menschlichen Willens / Über die Grundlage der Moral
Kleinere Schriften II

Parerga und Paralipomena I
in zwei Teilbänden, wobei der zweite Teilband die ›Aphorismen zur Lebensweisheit‹ enthält

Parerga und Paralipomena II
in zwei Teilbänden

Außerdem erschienen:

Denken mit Arthur Schopenhauer
Vom Lauf der Zeit, dem wahren Wesen der Dinge, dem Pessimismus, dem Tod und der Lebenskunst
Herausgegeben und mit einem Nachwort von Otto A. Böhmer

Aphorismen zur Lebensweisheit
Mit einem Nachwort von Egon Friedell

George Orwell im Diogenes Verlag

»George Orwell, Prophet der Schreckenswelt von *1984*, vielzitierter Autor auch der grimmigen Fabel *Farm der Tiere*, ist heute der meistgelesene englische Schriftsteller des 20. Jahrhunderts. Und mit später Bewunderung wird inzwischen auch jener einst so mißachtete, jener andere Orwell zur Kenntnis genommen, der in Romanen, Reportagen und vielen Essays Zeugnis ablegt von seiner Zeit, von den Dreißigern und Vierzigern des zwanzigsten Jahrhunderts, in denen sich Europas Gesicht verändert hat.«
Der Spiegel, Hamburg

Farm der Tiere
Ein Märchen. Aus dem Englischen von Michael Walter. Mit einem Nachwort des Autors
Auch als Diogenes Hörbuch erschienen, gelesen von Hans Korte

Im Innern des Wals
Erzählungen und Essays. Deutsch von Felix Gasbarra und Peter Naujack
Daraus die Erzählung *Einen Elefanten erschießen* auch als Diogenes Hörbuch erschienen, gelesen von Jochen Striebeck

Mein Katalonien
Bericht über den Spanischen Bürgerkrieg. Deutsch von Wolfgang Rieger

Rache ist sauer
Essays. Deutsch von Felix Gasbarra, Peter Naujack und Claudia Schmölders

Erledigt in Paris und London
Deutsch von Helga und Alexander Schmitz

Tage in Burma
Roman. Deutsch von Susanna Rademacher

Der Weg nach Wigan Pier
Deutsch und mit einem Nachwort von Manfred Papst

Denken mit George Orwell
Ein Wegweiser in die Zukunft. Ausgewählt von Fritz Senn und Christian Strich. Deutsch von Felix Gasbarra und Tina Richter (vormals: *Gerechtigkeit und Freiheit*)

Außerdem lieferbar:
Michael Shelden
George Orwell
Eine Biographie. Deutsch von Matthias Fienbork

Friedrich Dürrenmatt im Diogenes Verlag

Werkausgabe in 37 Bänden mit einem Registerband

Jeder Band enthält einen Nachweis zur Publikations- und gegebenenfalls Aufführungsgeschichte sowie zur Textgrundlage

● Das dramatische Werk

Es steht geschrieben/ Der Blinde
Frühe Stücke

Romulus der Große
Eine ungeschichtliche historische Komödie in vier Akten. Neufassung 1980

Die Ehe des Herrn Mississippi
Eine Komödie in zwei Teilen (Neufassung 1980) und ein Drehbuch

Ein Engel kommt nach Babylon
Eine fragmentarische Komödie in drei Akten. Neufassung 1980

Der Besuch der alten Dame
Eine tragische Komödie. Neufassung 1980

Frank der Fünfte
Komödie einer Privatbank. Neufassung 1980

Die Physiker
Eine Komödie in zwei Akten. Neufassung 1980

Herkules und der Stall des Augias/Der Prozeß um des Esels Schatten
Griechische Stücke. Neufassung 1980

Der Meteor/ Dichterdämmerung
Zwei Nobelpreisträgerstücke. Neufassungen 1978 und 1980

Die Wiedertäufer
Eine Komödie in zwei Teilen. Urfassung

König Johann/ Titus Andronicus
Shakespeare-Umarbeitungen

Play Strindberg/ Porträt eines Planeten
Übungsstücke für Schauspieler

Urfaust/ Woyzeck
Zwei Bearbeitungen

Der Mitmacher
Ein Komplex. Text der Komödie (Neufassung 1980), Dramaturgie, Erfahrungen, Berichte, Erzählungen. Mit Personen- und Werkregister

Die Frist
Eine Komödie. Neufassung 1980

Die Panne
Ein Hörspiel und eine Komödie

Nächtliches Gespräch mit einem verachteten Menschen/Stranitzky und der Nationalheld/Das Unternehmen der Wega
Hörspiele und Kabarett

Achterloo
Achterloo I / Rollenspiele (Charlotte Kerr: ›Protokoll einer fiktiven Inszenierung‹; Friedrich Dürrenmatt: ›Achterloo III‹) / Achterloo IV / Abschied vom Theater
Mit Personen- und Werkregister

● **Das Prosawerk**

Aus den Papieren eines Wärters
Frühe Prosa

Der Richter und sein Henker / Der Verdacht
Die zwei Kriminalromane um Kommissär Bärlach
Auch als Diogenes Hörbücher erschienen, gelesen von Hans Korte

Der Hund / Der Tunnel / Die Panne
Erzählungen
›Die Panne‹ auch als Diogenes Hörbuch erschienen, gelesen von Christian Brückner

Grieche sucht Griechin / Mister X macht Ferien / Nachrichten über den Stand des Zeitungswesens in der Steinzeit
Grotesken

Das Versprechen
Requiem auf den Kriminalroman /
Aufenthalt in einer kleinen Stadt
Fragment
›Das Versprechen‹ auch als Diogenes Hörbuch erschienen, gelesen von Hans Korte

Der Sturz / Abu Chanifa und Anan ben David / Smithy / Das Sterben der Pythia
Erzählungen

Justiz
Roman

Minotaurus / Der Auftrag oder Vom Beobachten des Beobachters der Beobachter / Midas oder Die schwarze Leinwand
Prosa
›Der Auftrag‹ auch als Diogenes Hörbuch erschienen, gelesen von Charlotte Kerr und Gert Heidenreich

Durcheinandertal
Roman

Labyrinth
Stoffe I–III: ›Der Winterkrieg in Tibet‹ / ›Mondfinsternis‹ / ›Der Rebell‹. Vom Autor revidierte Neuausgabe. Mit Personen- und Werkregister
Auch als Diogenes Hörbuch erschienen, gelesen von Wolfgang Reichmann

Turmbau
Stoffe IV–IX: ›Begegnungen‹ / ›Querfahrt‹ / ›Die Brücke‹ / ›Das Haus‹ / ›Vinter‹ / ›Das Hirn‹. Mit Personen- und Werkregister

Theater
Essays, Gedichte und Reden. Mit Personen- und Werkregister

Kritik
Kritiken und Zeichnungen. Mit Personen- und Werkregister

Literatur und Kunst
Essays, Gedichte und Reden. Mit Personen- und Werkregister

Philosophie und Naturwissenschaft
Essays, Gedichte und Reden. Mit Personen- und Werkregister

Politik
Essays, Gedichte und Reden. Mit Personen- und Werkregister

Zusammenhänge
Essay über Israel. Eine Konzeption / *Nachgedanken*
unter anderem über Freiheit, Gleichheit und Brüderlichkeit in Judentum, Christentum, Islam und Marxismus und über zwei alte Mythen. 1980
Mit Personen- und Werkregister

Versuche / Kants Hoffnung
Essays und Reden. Mit Personen- und Werkregister

Gedankenfuge
Essays. Mit Personen- und Werkregister / *Der Pensionierte*
Fragment eines Kriminalromans (Text der Fassung letzter Hand)

Registerband zur Werkausgabe Friedrich Dürrenmatt
Chronik zu Leben und Werk. Bibliographie der Primärliteratur. Gesamtinhaltsverzeichnis. Alphabetisches Gesamtwerkregister. Personen- und Werkregister aller 37 Bände

Außerhalb der Werkausgabe lieferbar:

• Gespräche

Gespräche 1961–1990
4 Bände in Kassette. Band 1: Der Klassiker auf der Bühne 1961–1970. Band 2: Die Entdeckung des Erzählens 1971–1980. Band 3: Im Bann der ›Stoffe‹ 1981–1987. Band 4: Dramaturgie des Denkens 1988–1990. Herausgegeben von Heinz Ludwig Arnold. In Zusammenarbeit mit Anna von Planta und Jan Strümpel

• Briefe

Max Frisch/Friedrich Dürrenmatt
Briefwechsel
Mit einem Essay des Herausgebers Peter Rüedi. Mit zwei Faksimiles

• Einzelausgaben

Der Richter und sein Henker
Kriminalroman. Studienausgabe mit zahlreichen Fotos aus dem Film und einem Anhang
Auch als Diogenes Hörbuch erschienen, gelesen von Hans Korte

Der Verdacht
Kriminalroman. Mit einer biographischen Skizze des Autors
Auch als Diogenes Hörbuch erschienen, gelesen von Hans Korte

Die Panne
Eine noch mögliche Geschichte
Auch als Diogenes Hörbuch erschienen, gelesen von Christian Brückner

Grieche sucht Griechin
Eine Prosakomödie

Das Versprechen
Requiem auf den Kriminalroman
Auch als Diogenes Hörbuch erschienen, gelesen von Hans Korte

Justiz
Roman

Minotaurus
Eine Ballade. Mit Zeichnungen des Autors

Der Auftrag
oder Vom Beobachten des Beobachters der Beobachter. Novelle in vierundzwanzig Sätzen
Auch als Diogenes Hörbuch erschienen, gelesen von Charlotte Kerr und Gert Heidenreich

Durcheinandertal
Roman

Der Pensionierte
Fragment eines Kriminalromans (Bibliophile Ausgabe). Text der Fassung letzter Hand. Faksimile des Manuskripts. Faksimile des Typoskripts mit handschriftlichen Änderungen. Mit einem Nachwort von Peter Rüedi und einem editorischen Bericht

Der Pensionierte
Fragment eines Kriminalromans (Text der Fassung letzter Hand). Mit einem möglichen Schluß von Urs Widmer und einem Nachwort von Peter Rüedi

Drei Kriminalromane
Der Richter und sein Henker / Der Verdacht / Das Versprechen

Albert Einstein
Ein Vortrag

● Anthologien und Sammelbände

Das Mögliche ist ungeheuer
Ausgewählte Gedichte. Mit einem Nachwort von Peter Rüedi

Das Dürrenmatt Lesebuch
Herausgegeben von Daniel Keel. Mit einem Nachwort von Heinz Ludwig Arnold

Meine Schweiz
Ein Lesebuch. Herausgegeben von Heinz Ludwig Arnold, Anna von Planta und Ulrich Weber. Mit einem Vorwort von Heinz Ludwig Arnold

Denken mit Friedrich Dürrenmatt
Ausgewählt und zusammengestellt von Daniel Keel und Anna von Planta

● Das zeichnerische Werk

Die Heimat im Plakat
Ein Buch für Schweizer Kinder

Die Mansarde
Die Wandbilder aus der Berner Laubeggstraße. 24 Abbildungen mit Texten von Friedrich Dürrenmatt. Mit einem Essay von Ludmila Vachtova

● Über Dürrenmatt

Elisabeth Brock-Sulzer
Friedrich Dürrenmatt
Stationen seines Werkes. Mit Fotos, Zeichnungen, Faksimiles

Über Friedrich Dürrenmatt
Essays, Zeugnisse und Rezensionen. Mit Chronik und Bibliographie. Herausgegeben von Daniel Keel. Verbesserte und erweiterte Ausgabe 1998

Friedrich Dürrenmatt Schriftsteller und Maler
Ein Bilder- und Lesebuch zu den Ausstellungen im Schweizerischen Literaturarchiv Bern und im Kunsthaus Zürich

Heinz Ludwig Arnold
Querfahrt mit Friedrich Dürrenmatt
Aufsätze und Reden

Luciano De Crescenzo im Diogenes Verlag

Luciano De Crescenzo – braucht man ihn noch vorzustellen? – ist jener charmante ehemalige Ingenieur aus Neapel, der mit seiner *Geschichte der griechischen Philosophie,* mit *Also sprach Bellavista* (der auch als Film in den Kinos ein Riesenerfolg war) den deutschen Sprachraum und alle Bestsellerlisten eroberte.

»Der Mann ist eine Wundertüte, die sich, verblüfft über den eigenen Inhalt, unablässig und mit diebischer Freude selbst über die Umwelt ergießt. Je nach Anlaß und Laune präsentiert sich Luciano De Crescenzo als Schriftsteller, Journalist, Filmemacher, Manager oder Spaßvogel.« *Die Weltwoche, Zürich*

Also sprach Bellavista
Neapel, Liebe und Freiheit
Aus dem Italienischen von Linde Birk

oi dialogoi
Von der Kunst, miteinander zu reden
Deutsch von Jürgen Bauer

Geschichte der griechischen Philosophie I
Die Vorsokratiker
Deutsch von Linde Birk

Geschichte der griechischen Philosophie II
Von Sokrates bis Plotin
Deutsch von Linde Birk